"在新疆"丛书

· 第一辑 ·

——散文集——

张映姝　主编

寻找一条河流

李　荔　著

新疆人民出版社
（新疆少数民族出版基地）
新疆人民卫生出版社

图书在版编目(CIP)数据

寻找一条河流 / 李荔著 . -- 乌鲁木齐：新疆人民
出版社(新疆少数民族出版基地)：新疆人民卫生出版
社，2024. 12. -- ("在新疆"丛书 / 张映姝主编).
ISBN 978-7-228-21424-2

Ⅰ. I267

中国国家版本馆 CIP 数据核字第 2024FW8882 号

寻找一条河流

XUNZHAO YITIAO HELIU

出 版 人	李翠玲		
策 划	宋江莉	出版统筹	宋江莉
责任编辑	杨 利	装帧设计	舒 娜
责任校对	王语陶	责任技术编辑	杨 爽
绘 图	季爱林 杨双德		

出 版	新疆人民出版社（新疆少数民族出版基地）
	新疆人民卫生出版社
地 址	乌鲁木齐市解放南路348号
邮 编	830001
电 话	0991-2825887(总编室) 0991-2837939(营销发行部)
制 作	乌鲁木齐捷迅彩艺有限责任公司
印 刷	北京富诚彩色印刷有限公司

开 本	880mm×1230mm 1/32
印 张	6.25
字 数	160千字
版 次	2024年12月第1版
印 次	2025年1月第1次印刷
定 价	42.00元

序

新疆是我们博大的故乡。它的博大不仅体现在山川、河流、沙漠、戈壁、绿洲，还体现在生活在这里的五十六个民族以及多元一体的文化形态。

新疆，是多民族共居的美好家园。生活在这里的各族儿女密切交往、相互依存、休戚与共。在中华文明怀抱中孕育的新疆各民族文化包容互鉴，共同成为多元一体中华文化的一部分。

在新疆，普普通通的一场雪，会落在不同的语言里。每个阳光明媚的早晨，"太阳"这个词会在这些语言里发光。人们用许多种语言在述说我们共同生活的地方。这正是新疆的丰富与博大。

每个人都有自己的家乡。家乡可以是一个很大的地方，也可以是我们心里默念的一个小小的地名。有时候家乡可能就是我们小时候生活的一个地方，当我们越来越远地离开家乡的时候，这个地方就变成了一个地名。但是，往往是那些细小的家乡之物，承载了我们对家乡所有的思念，比如家乡的一种非常简易的餐食。我每次到外地超过三天就会怀念拌面。

　　当人们热爱自己家乡的时候，想念自己家乡的时候，文学是我们表达以及读懂家乡的途径。我认为文学是不分民族的，作家面对的是在这块土地上共同生活的不同民族，当我们用文学来呈现这块土地上各民族人民共同的生活的时候，我们面对的是人的心灵。

　　那些远处的生活是看不见的，只有文学能呈现这块大地深处的脉搏，只有文学在叙述这块土地上人们共有的情感。每个人生活中的悲欢离合、快乐忧伤，一起汇聚出这块土地上人们共同的命运和共同的情感。

　　各民族共同生活，大家的情感交融在一起，这可能就是新疆文学最大的魅力。新疆文学给我们提供了一个多民族和睦生活的样板。用不同的语言表述一件事，用同一种语言描述不同的生活，这就是新疆文学作品的精华所在。

　　新疆的自然风光、传说故事、地域风情等先天具有文学气质的素材，容易孕育出各民族的众多写作者，也引起了无数读者的阅读关注，使当代新疆文学成为具有独特地域内涵和文化内涵的审美对象。

　　各族作家们用全部身心去发现和感受新疆日常生活的温度与深度，坚守家园热爱和文学梦想，以其独具特色的文化风貌与美学意蕴，记录和呈现各族人民的生活、梦想与奋斗。

　　此次推出"在新疆"丛书，是铸牢中华民族共同体意识的一次文学出版实践，通过各民族作家的文字，把新疆这块土地上各族人民共同的生活呈现给新疆的读者，呈现给全国的读者，用文学观照人心，用文学观照生活。希望读者多看新疆作家的书，因为从他们的文学作品中，可以读到熟悉的土地，熟悉的山川、河流，读到发生在身边的故事，或者发生在不远处的历史中的故事。除此之外，借此机会，我们还向读者推介已经在新疆文学界乃至全国文学界成绩斐然、广有影响的各族中青年作家，他们如天上点点繁星，照亮文学的星空。

我们想把新疆最好的文学献给读者，把优秀的作家介绍给读者，希望读者喜欢。

2024 年 11 月

目　录

第一辑 游走的密码

矮墙上的时光

走进十月，老井旁的老鼠肆无忌惮地忙着搬运几个被人遗落的高粱穗，榆树枝头的几只麻雀叽叽喳喳地讨论着还没实现的愿望。

那堵黄黏土夯成的矮墙，引领着我向岁月深处游走，我用手摸索，用心律测量，用眼睛追随，我脱口而出："我怎么可以说你不美丽呢？假如你不美丽，我就不会爱上你。"这就是岁月。

我来到一条河流的源头，看见一些影子在晃动。邻家艾则孜大叔面色苍白，眼睛盯着一架补鞋机，一双长满老茧的手忙着穿针引线，针脚如蚂蚁般嗒嗒地拉着线跑着，那只布鞋上被大脚趾拱破的洞补好了，我热切地等待着补鞋机停下来。大叔那双被各类鞋子磨得黑黑的大手突然拿起补好的鞋子，向我的头顶拍来，我本能地抱着头坐在了地上，大叔哈哈地笑了起来，浓密的白胡子一颤一颤的。小伙伴们忙围过来帮我抢鞋子，鞋子抢到了，我们一哄而散。一哄而散的孩子们大声喊着"谢谢大叔""热合买提"（维吾尔语，谢谢的意思），不同的声音互相掺杂，又十分清晰。

一阵尘烟扬起，所有的日子都不见了踪影。

我彬彬有礼地走在这条土路上，向前走是我的过去，向后走还是我的过去。

我微微闭上眼睛，看见一个人从远方走来。她裙裾飘飞，一头小辫子被发胶固定得整整齐齐，头戴一顶嫣红的小花帽，翻翘的睫毛里藏着一双大眼睛。她如风儿般从眼前闪过，一双黑色小马靴衬出她优美的背影。一阵沙枣花的清香迎面而来，驻足，屏住呼吸，深深地吸口气，把这淡雅的记忆继续擦亮。

她是我儿时的伙伴阿孜古丽。

她此时与我面前的一堵矮墙重叠。

这堵矮墙曾经是我们眼前的高峰，是我和阿孜古丽的卡子哥哥，我们争着要做卡子的新娘。我用一则阿拉丁神灯的故事，让卡子带我骑上了矮墙。我想借阿孜古丽的小花帽一用，她却哭着跑开了。我和卡子觉得无趣，便各自回家了。第二天我们又开始了新的游戏，过家家、捉迷藏、打沙包。一天又一天，一年又一年。

那时，班里的女生都喜欢白净、高瘦的卡子，男生喜欢看阿孜古丽满头精致的小辫子，有事没事围在她的身边叫着"阿孜古丽——月亮姑娘"。阿孜古丽甩着满头的小辫子追赶做着鬼脸的男生们。阿孜古丽一点也不温柔，谁给卡子好吃的，她都要拦截下来，或者扔了，或者自己吃掉。在村子里，大人们常说，卡子是王子，阿孜古丽是公主，两家大人听了都笑而不语。

长大后的卡子娶了阿孜古丽。卡子先开了个小商店，又买了辆中巴车，后来又把中巴车换成了桑塔纳。在卡子买了中巴车以后，阿孜古丽在一家裁缝店里当学徒，后来又当了师傅，手艺越来越好，就到城里去发展了，再也没回来。他们可爱的女儿才两岁，卡子用奥斯曼眉笔在她的眉心画呀画，边画边说，希望她以后不要离自己太远，希望她的幸福像涂了奥斯曼的眉毛那样浓密。他画着希望，画着忧伤。

再后来，我们都离开了，只有矮墙还在。

卡子还会给他的女儿讲述矮墙的故事吗？

所有事物都有着忧伤的根，它包容着一切的流逝和回归。

一堵矮墙站立的一生要比人活一生艰难得多，推倒、拆除、摧毁、遗忘，而让它站立的土地是永恒的。每一个人都有一堵童年的矮墙，我们经历的岁月是一条流经心灵的河流，千回百转，最终汇入时间的海洋。

能涉足一条河流，让我拥有着美妙的幸福之感。

被仰视的甜蜜

　　面对苍茫的戈壁，人们总在推测：亿万年前，这里曾是一望无际的草原，水草肥美，牛羊成群；又或是一大片潮湿的湿地，鸟儿嬉闹，鱼虫为乐。你面对的荒漠戈壁无边无际，为你插上想象的翅膀，带你去飞翔。寂静的荒野常让万物失重，看不见的事物在"静"里无限放大。风就是这个世界的主宰，它随意篡改大地的细节，改变河流的流向，覆没一座城。风更多的时候是温和的，它像一个消息的使者，有条不紊地输送大自然的信息。在荒漠，席卷而来的沙尘是风"黑化"的形象，那扑面而来的黑风，想要统治荒原，万物并不为其所动，一阵风窒息地穿行，喧哗之后的平静是荒原最大的胜利。又一阵风吹来，一个微弱的声音引起你的警觉，不知又惊动了哪一位荒原的主人，我唏嘘着，轻轻踢起一个坚硬的碱土块，砰的一声，滚得好远，整个世界动了起来。

　　这微不足道的声音在此显得多么洪亮。我展开了想象，倘若让自己来坚守这片荒漠，我能守住荒凉的清晨、苍白的中午和凄冷的夜晚吗？我即刻给出答案：我不能。我会用尽所有的力量来逃离，去寻找有水、有阳光、有声音的地方。

荒漠就是这样，只要人和它对峙，要么它孕育着逃离，要么它接纳着逃离。

而它面对一株植物时只有虔诚，给予野性的呵护和更大的成长空间。比如一株骆驼刺，它的根系可以深入地下几十米。

一株植物，让荒漠灵动起来，让荒漠思索起来；一株植物，让阳光变得温和，让雨水不再狂暴；一株植物，让大地有了爱情，让鸟儿有了栖息的家园。

也是因为一株植物的进入，我才抬起脚步，去丈量这片戈壁的长度，计算着还需要多少年才能扛着父辈们的愿望，一直走到荒漠的尽头，再走到水草肥美的家园。

就在彼岸，穿越荒漠就能走到水草肥美的彼岸。

于是，我开始仰望一株名叫哈密瓜的植物。

"你是哪里的？"

"我是新疆的。"

"新疆哪里的？"

"新疆鄯善的，就是出产哈密瓜的地方。"

"哦，地名倒不是很熟悉，但是哈密瓜令人神往。"

…………

瓜以地名，地以瓜闻。

一些故事的不胫而走不是因为人或地方，而是集天地人之灵气于一身的植物将故事带往更远的远方。

哈密瓜，古代称甘瓜，是名贵之果、瓜中之王。

成吉思汗在西域大帐召见道长丘处机，丘处机说到高昌回鹘王曾用甘瓜招待他，并称赞其"甘瓜如枕许，其香味盖中国未有也"（《长春真人西游记》）。一个道人竟对一种水果念念不忘，可见这个水果的香醇。

康熙年间，有一次哈密王向朝廷进贡时，双手捧着一个状似椭圆、外皮为黄色、满身网状的水果，朝廷百官没有见过此水果，不知为何名。当侍卫用刀切开，显露出红橙色的果肉，一股清香扑鼻而来，百官不由得轻轻感叹，品尝后异口同声曰："佳品！"皇帝随即赐名曰："此为哈密王所献，即为哈密瓜吧！"此后，哈密瓜被视为珍品，价钱颇贵，每年哈密王都要向朝廷进贡。当时此瓜的产地就是鄯善。

寒来暑往，哈密瓜在这片热土上送走了一代又一代的主人，它带着皇家的高贵和霸气，坚守着这片干燥酷热的土地。它的坚守，随着人类文明的脚步一起前进，人们给它起了个名字叫"新皇后"。从此，"新皇后"就永远地扎根在火焰山脚下，它与火共眠，与山同在，与这里勤劳的人们同行。

人们曾一度为了争论哈密瓜是属于鄯善，还是属于哈密而唇枪舌剑，如今，依然没有结论。

白叔不白，脸很黑，头发是白的，人们都叫他白叔。

白叔是从南方来的。

白叔已经六十岁了，他从二十岁开始种植哈密瓜。碱滩上、荒草间、沙土里，都有过白叔与坎土曼、铁锹的对话。

哈密瓜和这些金属器械有什么关系？

一个甜蜜如水，一个坚硬如冰。

南方和北方有什么关系？

一个是白叔的根，一个是白叔的蔓。

白叔迎着干燥的春风，咧着干裂的嘴唇，喊着号子"嗨呦，嗨呦"，一行瓜便种成了。抹一把汗，抽一袋烟，白叔欣慰地眯着眼。"别看你是荒地，和你较几次劲，你就得服我。"白叔说。

"开荒种瓜，沙土和碱土掺在一起能长出最好吃的甜瓜。种出最好吃的甜瓜就能有最好的收成，有了最好的收成，明年我还要再种更好的瓜。"

白叔的黑脸笑成了一朵娇黄的哈密瓜花。

这椭圆形的水果，由一些纤细的根和单薄的蔓维系，许多纤细的根相互牵绊，一根蔓和成千上万根蔓相连，维系了一个村庄和一代人的灵魂。它丰富了一个荒凉戈壁滩的内容，甜蜜了一个千年的梦想。

关于戈壁、村庄、植物还有我，只能用一个断行的句子来连接："我也许会把可怜的词语扔开／而满足于去生活。"

而后相互仰望在各自的甜蜜里。

一条路上的记忆

　　一九八〇年的一天，我背着一个黄色军用书包，牵着妈妈的手，一脸崇敬地走进了一个没有大门的学校。一个剪着齐耳短发的中年妇女接待了我们，随后带着我进了一间教室，测试我是否能入学。

　　先是数数，从一数到十，我昂起脸，闭着眼睛，拉着长调大声地数着。老师又问我一只手有几个指头，我伸出手来查，接着问我脚有几个脚趾，我欲脱掉鞋子来数，被母亲阻止了。

　　老师说："行了，你能数到十就过关。"

　　老师的眼睛很好看，有着如水般的慈爱和温柔，还有着一种从唐诗宋词里流淌而来的清幽的忧伤，这些是我长大后才体悟出来的感受。

　　老师扎着两条粗麻花辫，辫子里夹了几根草，我忍不住用手帮她捏掉。

　　母亲和老师聊了起来。

　　母亲和老师谈得很开心。

　　母亲和老师都是知青。她们响应一个时代的号召，为了追寻梦想，或是为了一种意念中的传说，从江南水乡奔赴这里。

支援边疆——一声号角，像诺亚的方舟，父辈们不是躲难，而是顺着一种声音为人们创造着一条路，一条迂回的路。

他们希望有一天我会再带着他们飞回那个梦里水乡。

"铛……铛……"那个挂在两株老榆树中间的老钟欢快地歌唱着，敲钟的老人是个胡子花白的老爷爷。

那个钟声是一条路的起点。早上是语文和数学，下午是美术和体育。那一个个精灵似的拼音，我读得朗朗上口，但是到我的手底就变得很顽固，怎么也写得不如书上的圆润整齐。我哭着写着，埋怨自己怎么这么笨拙。老师的手抓着我的手，温暖而有力，先画个圆，再加个尾巴，就是"a"。

那双手是我最初感受到的来自母亲怀抱之外的温暖，收藏于我关于自身之外的记忆中。看着老师那明亮的眼睛，听着那好听的普通话，我肆意地享受着童年快乐的时光，涂抹单纯的理想。

入学的第一晚我就做梦了，梦见自己当老师了，也是齐耳短发，有着慈祥、和善的笑容。正当我准备给学生上课时，却被妈妈叫醒了，我该上学了。我睁开惺忪的睡眼，兴奋地爬起来，看着昨晚放到枕边的那双崭新洁白的网鞋，它像一座神奇的宫殿，结束了我赤脚的顽童时代。

我如云朵般飘入那低矮的平房教室，坐到座位上，用尽所有的智慧把六年来的不羁蜷缩进字母"a"中，但是很艰难。在我和老师不断地努力下，我终于可以将一个尾巴加在一个圆的后面。

那个圆就是我已经走过的路程，那个尾巴就是我现在还在继续走的路程。从认识了第一个拼音字母和阿拉伯数字起，一个人的记忆算是真正开始了。接着我就认识了山、石、田、土。

横撇竖捺，最初的笔画是散落在脑海里无数条驰骋的路。

我六岁入学，二十岁回到土房子的学校里教书。土房子变成了小二楼。

那个老师还在，我还叫她老师，她叫我小李。

一首《长大后我就成了你》的歌正在流行着。

我眼睛里的热烈，燃烧着裹在泥土里翻滚的孩子们的愿望和理想。我告诉他们老师的老师是从很远的地方来，那里很美丽，你们以后也会去很远的地方。

"我们要让校园也和那个遥远的地方一样美丽。"孩子们说。

我又被孩子们眼睛里的纯真和热烈燃烧。

"猛然间，在一道阳光中／即使此时有尘灰飞扬／在绿叶丛中扬起了／孩子们咪咪的笑声／迅疾的现在，这里，现在，永远——／荒唐可笑的是那虚度的悲苦的时间／伸展在这之前和之后。"（艾略特《焚毁的诺顿》）我陶醉在大诗人的哲理中，我和孩子们幸福地笑着。

此时，那年从四面八方聚集而来的知青的身影就在我下笔之前和之后，在一条时间的路上忙碌起来。

我是从江南水乡来的，我也是从西北荒漠边缘来的。

这条路，有人忘记，而我正在记起。

一条路成就了我的现在，我的现在成就了父辈们的昨天。

关于这条路和父辈们的记忆至今还安放在鄯善县一个名为鲁克沁那个小镇的一角。

一粒散落的葡萄

一粒葡萄从葡萄串上散落下来，滑落在地。我俯身拾起，搁到手心，葡萄在我的手心里滑动，如一粒成色绝好的绿玛瑙，让人爱不释手。葡萄从葡萄串散落的那刻起，生命就有了忧郁，此时我的手像一片正在无限扩张的沃土，只要我五指轻合，一粒葡萄就会立刻消失，化为几滴带有糖分的水滴，在手心蔓延。手心到达葡萄球心的距离，我用想象来衡量，就是父辈们的青春理想从南方迁移到北方的长度。

二十岁的父亲和一些与他一般大的从江南水乡来的外乡人，露出单薄的肩膀，同西北的风沙、骄阳抗衡，落脚到这个用黄黏土夯成的矮墙围成的小村。他们开始经营自己的青春、爱情和未来。

陌生，惊慌，疑惑，探视，寻找，彷徨，最终驻足。

小村周围的老人看着这些面容白皙的外地人，捋着胡子向他们行着礼，父亲他们不懂，也捋着"胡子"回敬。老人嘻嘻地笑着，父亲他们也嘿嘿地笑着。在这粗犷的笑声里，他们开始了相互了解。他们打着手势沟通，看着口型猜字，而后不断地丰富自己的语言。有了声音的流淌，寂静的空间也会有美妙的歌声。父亲学会的第一句话就是"热合买提"，这时候，他们开始微笑，或点头示意。

留下吧，就在这片黄土地上。

留下吧，这是历史的使命。

父亲他们敞开胸怀让这西北的烈风吹、骄阳晒，吹黑了皮肤，晒得脊背脱了皮。而后，女人们跟随男人们留在这里，男人们插下的葡萄枝在土地里扎了根。

到处竖立着黄黏土矮墙的小村被葡萄藤围着，葡萄藤又被欢歌、笑语、嬉闹声、争吵声围着。沙进不来了，风只能从头上刮过。矮墙的底下依然是黄土，绿色的葡萄藤底下的黄土变得黝黑。

这片黄土地承载着父辈们二十岁以后所有的希望，父辈们一辈子没能翻到黄土地的那面；父辈们时常忘记了看远方，永远是弓着身子前行。

立足于一片土地，总想寻一株植物来依恋。大漠里的一株红柳，昭示着一阵风的来和去；凹地的一棵水草，会有一群鱼儿来嬉戏；一块湿地，一群群马儿羊儿在竞相追逐。父辈们的理想攀缘在一株葡萄藤上生存。

我也努力像一株葡萄藤的模样成长，扎根，摸索，攀缘，忍受疼痛，生长。

一棵葡萄树在生长过程中，和土地间总有一些隐情，比如春阳的娇嗔，夏雨的多情，秋风的萧然，冬雪的纯净，它都有真切的感知。

我曾悄悄地拿起邻家小哥哥的花帽戴上,再系条宽宽的腰带,对着镜子,努力地动着脖子,抖着肩膀,抛着媚眼,旋转着脚步,转呀转。突然发现黄黏土的城墙变矮了,母亲娇嫩的手指变粗了,父亲的脚步变慢了,门前那株葡萄藤蔓早已高过了我的头顶,挂满了葡萄。

我要出远门了。

母亲说:"走吧,葡萄已经丰收了。"

我说:"那我就走了,想我就看看葡萄树吧。"

我的眼睛模糊了,母亲的身影定格了,我仿佛看到当年丰收女神德墨忒尔颈戴璎珞,手持盛满葡萄的丰饶角,向世人展示甜美的高贵。

弟弟是我家唯一的一个男孩,是父亲的命根子。

父亲说,谁都可以出去,弟弟要留下。

在葡萄成熟的季节,弟弟接到了大学录取通知书,父亲说:"这小子和我对着干,要回到我二十岁时出来的地方。"

我帮弟弟买了火车票,那张淡粉色的车票被母亲粗糙的手摸了又摸,她反复地看着。父亲浑浊的目光或明或暗。我藏于心底的无限向往和期盼,如那串五月正在积聚糖分的酸葡萄。

一个棕色桑皮纸的信封里,鼓鼓囊囊地装着纸币,那是用还沾着露珠的葡萄串换来的学费,带着黄黏土的味道,陪着弟弟到远方。葡萄的赐予,让我成为秋天最有灵性的孩子。

"六月食郁及薁,七月亨葵及菽。"我试图从《诗经》里找出一株葡萄藤蔓的渊源来,却醉倒在"葡萄酒的太阳,已经把酒杯染红;快把睡神从眼中驱走,才好饱尝这醉人的美景"

（哈菲兹《拜酒歌》），"何等芳醇而又鲜红的葡萄的血液！如此暖暖地、缓缓地注入了我的胸膛，使我欢愉的心中孕育满了南欧的夏夜，孕满了地中海岸边金黄色的阳光，和普罗旺斯夜莺的歌唱"（余光中《饮一八四二年葡萄酒》）的美句中。我近乎疯狂地搜索着古今关于葡萄的诗句，为的是能拉上父辈们卑微的自尊，要他们合着一株葡萄的高贵而傲然起来。

我始终没能做到。

最终，我低着头谦卑地从村庄那条土路走出来，掸掉母亲给我缝制的那件花布衫缝里的尘土，悄然地住进钢筋与水泥组合的楼房里，才真正读懂这样的诗句。而此时我不再需要有关高贵的鼓励，我只需要务实，不虚度生命地活着。

年方二八的我，在乡下一所中学任教，每天孤单而行，对待自己的终身大事无动于衷。父母看在眼里，急在心上，经常不经意地领来一些穿着考究的城里人在家里闲聊，然后不时地夸夸我如何乖巧、如何好学，我知道这是在给我相亲。然而，最终的结局是母亲丧气，责怪自己为什么把我生在这样一个偏僻的农村。

母亲恨恨地说："死丫头，生在土窝里的人还傲气！"我十分庄重地拔掉母亲的一根白发，仔细地观察。那银白的头发迎着太阳闪闪发亮，我说："我喜欢这片让你乌发变成白发的土地。"母亲说："傻丫头，城里多好。"而后，她拿出刚从集市上买回来的本地产的葡萄酒，告诉我城里酒吧都流行这个，眼里充满了无限的向往。

城里的那条坚硬的柏油马路很宽敞，叫东环路，也被称为"爱情路""军民共建路"。路的两旁全是葡萄地，绿化带里白蜡树长得极好。就在这里，我被一个原本陌生的人牵了手，而后嫁给了他。

至今我未进过酒吧，在那彩色的灯影下，品读一杯琥珀色的葡萄酒时，我怕会在酒中看到母亲那双期盼的眼睛，还怕长久两地相望的爱情里染上一丝尘埃。

几根桑木高高搭起了一个白色的帐篷，白色的纸花、白色的纸花叶，迎着风高高地飘扬。一栋彩色的纸楼房，彩色的纸衣、纸人，堆放在一口黑红色的棺木前，一盏长明灯的灯火忽明忽暗，左右摇摆不定。一个用瓷罐或瓷盆专制的孝子盆里不停地燃烧着形状不一的纸钱，火盆里放着一截正在燃烧的葡萄棍，青烟袅袅，飘荡在灵堂之上，整个村庄也瞬间轻飘起来。

孩童们新奇地看着，身强力壮的年轻人忙着跑里跑外，帮着主家操办后事，几乎没时间被这样的场面感染。最伤感的是那些老年人，尽管所有的悲喜在他们的脸上已经回归统一，但这时候，他们也不禁自言自语地说："怎么就走了呢？这个老东西，比我还小几岁呢，我们是乘着一列火车来到新疆的，说好的还要回去的，现在你竟然躺着不走了！"

"想起那年，若不是你执意要栽上一株葡萄试试，这片葡萄园可能还是风沙一片的戈壁，你光着膀子和兄弟们挑水浇地，吃进了多少沙子和泥土，眼看一株株葡萄长成，而后我们才下定决心留下的……"

那口棺木里盛装着老人许多这样清晰的记忆。另一个老者召唤着："快来到这里，教这些年轻人怎么行礼……"只有这时，老人们才能搬出那些藏于记忆里的礼俗，谁该戴孝帽，谁该披孝衣……人的生命来时的躁动和走时的安静，多像一粒葡萄滑落的过程。

这样的场面我从小到大经历了无数次，每次都是远远地逃遁，我不是害怕悲伤，而是无法接受一个人在一个世界里泯灭后，会给这个世界留下太多的记忆和留恋。在他们闭上眼睛的刹那，整个世界就转到身后，而我的记忆总是不断地重温着一位大叔曾经亲切地摸过我的头，和蔼地给我讲着和我的父母从江南水乡来到大漠戈壁时的豪情。还有曾经把我从水渠里捞出的那位大叔，那双粗糙的大手竟然是我生命的一次回归，而他们就这样先后躺下。他们都不是我的亲人，也不是我的友人，而我却深深地怀念着他们，这和我身后这片绿色的葡萄园有关吗？

已逝的大叔大婶已经走远，为他们搭灵堂的那条土路还在。那些不断更新的葡萄老藤已经被伐了几茬，而它们的根系却早已盘根错节地连成了一体。我只是根系上一粒不断膨胀的葡萄，贪婪地汲取着来自泥土和村庄的点滴，那来自生命本身的水分和糖分不断充盈着我干瘪的灵魂。

他们被青春流放的温情以汗水的形式传送给了这片葡萄地，葡萄地养育村庄，村庄又养育了我。

在某个夜晚，不善饮酒的我，竟然没能挡住这琥珀色的诱惑，自斟自酌两杯红酒后，头微微眩晕。漫过城市的楼顶，我的思绪径直地走上村庄那条土路，一直走到那块倾注父辈们无限自尊和自卑的葡萄地……

游走的密码

荒原是孕育文明的密码。

——题记

水

荒凉的戈壁滩，一口口干涸的坎儿井有序地排列，它们像是淘洗时间的容器，把荒原拉向了更远。一群人又一次来到了这里，举起十字镐、坎土曼对板结的泥土进行试探，他们要在这里选一个地方打一眼机井。对于与土地周旋的人们来说，哪些地方可以打井且不容易塌方，只能凭经验去试探。

年长的老袁是他们推选出来的领队，老袁识字，考虑问题比较全面。他看看刚盖起的新家，再看看不远处刚栽下去的葡萄苗像一个嗷嗷待哺的孩子，坚定了决心，必须打一眼井才能让生活继续下去。刚盖好的房子一共有六排，两排相对，三个巷道，机井的位置就选在中间。县水利局的技术员也来了，他目测了一下机井的位置说："这一块应该不是沙土地，夹在两口废弃的坎儿井中间，地下的砂层不会太浅，应该能找到水源。"

在荒芜的戈壁，人与人之间是没有距离的，他们以同样的身份和目标向着生活的核心行进，没有局外人。

说干就干。男人们露着膀子挥汗如雨，女人们斜倚在一棵小树上欣慰地笑着，那笑着实好看，浅浅地挂在嘴角。男人们干活累了，就盘腿坐在地上，女人们开始忙活了，倒水、点烟，忙着询问晌午吃些什么，有的还低着头悄悄地在自家男人的背上捶几下……不知谁在人群里开了个玩笑，女人掩面偷笑着跑开，向荒野的尽头跑去，荒野的尽头是我们将要搬进去的新家。

听着大人们计划着进程，讨论第一渠水先浇哪块地，我也用刚从学校学会的算术掰着指头计算。一天两米，十天二十米，三十米能见到水，得挖多少天，这是当时大人教孩子学数学最简单的一个示例。水，这个流动又静止的神秘女神，在儿时给予了我无限的诱惑和吸引。后来读了一本被磨损得只剩几十页的《红楼梦》，书上说"女儿是水做的骨肉"。我每天从学校回来后，就去探望那口深邃的井，这口井之于荒原就是一个美妙的女人。

全村的劳动力都来挖井了。一班五个人，两个人在井底开挖，三个人在井上，把挖好的泥巴从井底提上来。一班人累了，下一班人接上。那口井全村人挖了七天，挖到有水的时候就没办法继续挖了。老袁就去镇上找专家。专家来了，带来了钻井机，这是一台刚从外地运来的钻井机。人们新奇地围着钻井机，左看看右看看，这个不大的铁器可以省十几个人的力气，速度比人工快多了。钻井机一个小时就完成了任务，准备给井底下管道了。

下管道的活儿比较危险，进入井底的人把绳子缆在腰间，由井上的人拉住慢慢放到井底。人和管道要一起下井，到了井底，人把水泥管道固定在井壁上，再把水泵放置好。这一切准备就绪，再经过三天的试水，机井出水正常了，没有太多的泥沙，才可以正式用水。

下井的人选很关键，队长老袁召集社员们集体商讨由谁到井底装管道。这是一项充满挑战又无限荣光的任务。下井的人必须胆大心细，大家先报名，最后被选中的人，将由村里资历最深的人为他（她）戴上大红花。

谁都没想到会是田嫂满脸伤痛地戴上这朵大红花。

田嫂皮肤黝黑，圆脸，不喜欢笑，整天吊着个脸，显得很凶。在村里，谁家的孩子要是哭闹不听话，大人就会说："让对面的田嫂抱去算了，去给田嫂当孩子吧。"孩子马上就会停止哭闹。关于她的传说很多，有人说她不会生孩子。有个算命先生给她看相，说她是克夫的命，她听后拿起身底的板凳把算命的人赶跑了。

田嫂很要强，当村里号召义务劳动的时候，她都会积极参加。她是一个干活能手，打坝修渠、锄地扶犁样样都行。她的丈夫很文弱，白白净净的，还有些腼腆。当他们夫妻的影子映在荒野的戈壁上时，一长一短、一胖一瘦，相互搀扶，他们不说话，只是默默走路。回到家点上煤油灯，两人头碰头倒是有说有笑的，偶尔从窗口看到他们晃动的身影，总给人以无尽的想象。

当田嫂知道村上要选一个人下井装管道后，她第一个站出来替丈夫报名，申请上阵。她说："我男人以前是个机器修理工，当过水泥瓦匠，因家里反对我们的婚事才到新疆的。这口井出水以后，我一定要跟着大家学种葡萄，希望大家都能接纳我们。"田嫂说着，黝黑的脸庞上滚落两颗明亮的泪珠，在昏暗的煤油灯下显得楚楚可怜。许多人说，第一次发现田嫂还是个有几分姿色的女人呢。那晚的讨论会开到很晚才散，最后选定了田嫂的丈夫和另外一个年轻小伙子下井。

第二天，全村人都集合到了机井上，田嫂的丈夫和小伙子下了井，就在管道固定好准备出井的时候，井口的一块泥块突然塌下来，泥块正好在小伙子的上方，田嫂的丈夫一把将小伙子推开，自己迎上了那块泥块，只听井底一声沉闷的声响，接着是那个小伙子歇斯底里地狂喊："陈叔！陈叔！你没事吧?！陈叔你回答我呀！"当声音从井底传到地面的时候，所有人都愣住了，只有田嫂趴在井口，大声呼唤着丈夫的名字，田嫂的丈夫再也听不到这情真意切的呼唤。当田嫂的丈夫被拉上来的时候，白皙的脸上有几许安详的笑意。

当日，白花花的水从井底抽到了地面，全村人看着随意流淌的水流都低下了头。只有田嫂跪在水里号哭，嘴里呼喊着丈夫的名字。清澈的水流带着田嫂无助又悲伤的哭声流进了每一块葡萄地。被田嫂的丈夫救出的那个小伙子跪在地上，死死地抱住田嫂号哭，面对生命的无常、人生的意外，他还能用什么来安抚？

一九八四年春天，因这一口井的落成，那个遥远的戈壁小村存留着岁月的痕迹。

我们一家四口终于从父母到新疆时就入住的那间破窑洞里搬

出来，搬到了新盖的平房。那一晚，我睡得香甜，再也不用担心虫子从窑洞的土块墙里爬出来了。新房子的墙壁细腻崭新，掺杂在黄泥里的麦秸秆，在灯光下闪闪发亮。电灯也拉上了，那一根小小的细绳，从一个圆圆的盒子里出来，只要你一拉电灯就灭，你再拉它又亮了。装上电灯的那一晚，有多少人情不自禁地想象，那一根细绳与一盏明亮的灯之间存在着怎样玄妙的关系。

在一处戈壁滩上无故地多出了一排排房子，对于戈壁滩来说是很突兀的事情。黑夜里显现的房屋像个人影，那一扇扇窗透出如豆的灯光，让整个房子的身影在大地上摇摆不定。这也是早晨母亲起床时的身影。

天还没亮，外面黑黢黢的，母亲就要去给父亲送饭。父亲看机井的地方离村里有一公里远，破土而出的麦苗、萌发的葡萄芽、粗壮的红柳，都在接受荒原春风的洗礼。这还是春风呢，让人经历的不是润物细无声的温和，而是一种强行的对抗和进入。

嘭嘭嘭——这是荒原上传来的机器的声音，人们终于不用靠二塘沟下来的河水种庄稼了。以后这口机井就是这个村庄的密码，村庄里的所有生命都要依赖它。只要这口井能保持正常出水，人们就不用再迁移。由于父亲年轻有文化，再加上他对机器有种天然的亲近感，便被委派为机井的看守人，一个月十块钱，父亲可以领上"工资"了。父亲小心地侍弄着柴油机，看护着这口刚见水的井。父亲很尽心，一大铁桶的柴油用完了就要换一桶。这时候，父亲就会找来一截软塑料管，把塑料管插进大油桶，然后用力吸，用嘴把桶里的柴油吸出来，然后用管子接到柴油机上。我经常看到父亲把柴油吸进嘴里，然后不小心喝到了肚子里。有几次喝得太多了，他呕吐了很长时间，跑到出水的井口，捧起一捧水漱漱口，然后拔一把蒜苗放进嘴里嚼起来。由于柴油和沙尘这样不洁之物的"入侵"，父亲得了胃病。

近三十年了，那口井还在村东头第二条巷子中间的位置。不过村庄越来越大，村庄的人却越来越少了。

现在是电井了。电闸一拉，水就自动出来。

出水的那天，村干部一定是挨家挨户通知大家，明天机井要抽水。

春天到了。

麦　子

这是一片新开垦的荒地。只要是新开的荒地，人们总是先种上小麦，让小小的种粒来改变盐碱地的坚硬。三月的风吹割着空旷的荒野，夹杂着泥土呛人的味道。已被侍弄得平整松软的土地，像个满怀心事的少妇准备备孕，被水浸泡过的种子即将被泥土掩埋，它们将吸附春天里所有的力量来长成一株成熟的麦子。

麦子一家是最后搬到村上来的。他们来的时候，村里改良过的地已经分完了。几个村干部商量后，就把一个废弃的坎儿井旁的地划给他家了。麦子爹跟着村干部到那块地转了一圈，说是一块宝地，他一定会把这块地管好。有人劝麦子爹："那里前不着村，后不着店，很危险，沙尘暴一来，你一家人怎么办呢？"麦子爹说："没事，不怕，有手有脑有腿的人，还有啥能难得倒？"

麦子原先不叫麦子，他叫阿才。阿才是在南方出生的，被父母带到新疆之后才改名麦子。听他父母说，生他的时候，是南方麦子刚刚泛青的季节。刚刚抽穗的麦田里飘着一股淡淡的清香，全家人都在焦急地等待着麦子的降生。那天晚上皓月中天，天空静谧清朗，但是当麦子呱呱坠地的时候，一轮满月突然间变成了一个黑色的"铁饼"悬挂在天上，明亮如昼的夜晚一下子暗淡下来。麦子一家人惊慌起来，麦子奶奶颤抖地抱着一炷香，虔诚地跪在地上对着那轮"黑月"泪流满面地祈祷着。当麦子家人从惊慌回到惊喜的那一瞬间，月亮又明亮如许地挂在天上，几颗星星调皮地眨着眼睛。有人说，是麦子奶奶的虔诚感动了月神，有人说麦子本来就是天上的一个童子。

麦子皮肤白皙，聪明可爱，五岁的时候突然得了一种怪病，那种病犯起来很吓人，只要吃点东西就上吐下泻，家人马上就得把他送到医院。一送到医院更可怕，他会立刻昏迷，不省人事。每次麦子都是在母亲的号哭声中，慢慢地睁开眼睛。

麦子爹是家里的支柱，他是个沉闷倔强的汉子。他想，既然麦子是麦子泛青的季节出生的，那就在麦子收获的季节离开，把所有的晦气全部留给马上要收割的麦子。那天刚下过一场雨，麦子爹把家里几亩地的麦子收割完后背到麦场摊开，第二天就悄悄地带着全家向西出发，还带了一袋麦子。对于麦子爹来说，他不知道往西走究竟会走到哪里，他只知道，坐上火车走到这条铁路的尽头，那里有明净的天空和旷远的戈壁。

五岁的麦子就这样被他爹带到了新疆，在这块无边无际的大地上，他们投靠了比他家先来的江南人，当时以一袋麦子作为条件，就在新疆鄯善县一个叫东方红的公社落了脚。麦子一家是三月份到鄯善的，当时这里零星居住的几家人都是前后从外地漂泊到这里来开荒种田的，他们有的是为了逃离泛滥的水灾，有的是为了逃离贫穷。他们义无反顾地迁徙到这块干旱得冒着白碱的土地上，为了生存去探索荒原无限的可能。

生产队给麦子家划了一块方正的荒地，交代这块地冬水已经灌过，直接开种就可以了，生产队队长给麦子家分了两斤麦子，告诉他种完麦子还可以再种高粱。麦子爹感激地握住这位素昧平生的生产队队长的手。

初来荒原的麦子时不时还会犯病，小镇的医生也看不出什么病。只是麦子犯病的症状越来越轻，时间越来越短，麦子爹感知到麦子的病快好了。

第二年的春天种完麦子，阿才就改名为麦子了。改名为麦子的阿才像一棵红柳被父亲执意地插在了西北的荒漠上，让他汲取这里的干燥、旷远、坚韧和倔强来驱逐身体里的污浊。麦子果真越来越健康。

麦子爹一直想让麦子继承他的活计，练成一手种麦子的好把式，可是麦子却偏偏对读书感兴趣。麦子爹不喜欢麦子读书，只要一放学，他爹就吼着："臭小子，把书本给我放下，跟我'下湖'（到地里干活的意思）。"麦子梗着脖子，脸憋得通红，把一本小人书偷偷地塞到背心里，背心往裤子里一扎，扛起铁锹或锄头就走。这通常是我和麦子一起放学后要经历的遭遇。麦子曾经无数次给我说，长大后他一定不会种麦子，他要当科学家。在那个缺少偶像崇拜的年代，我根本无法理解科学家真正的含义，却无缘由地开始崇拜麦子。

每天放学，我都和麦子一起回家。从学校到我们新搬的家，大概有一公里路。我们从家走到学校大概需要半个多小时，从学校回到家则需要更长的时间。我们边往回走边玩，有时候到旁边的棉花地里玩捉迷藏、走迷宫，有时候爬到桑树上吃桑葚。那天放学后，我和麦子一起走，边走边听他讲《阿里巴巴和四十大盗》的故事。路边的麦田正在浇水，我们就沿着水渠跟着水流的方向一直往前走。

西北的天说变就变，一场大风或一场沙尘暴说来就来，没有一点征兆。当我们还沉浸在阿里巴巴充满智慧的善良里，想象着大盗的愚蠢凶残、戈西母的贪婪和自私的时候，前方的天空被一片沙尘挡住，一阵夹杂着沙尘的狂风将要与我们相遇。我们看着脚边清澈如许的流水和踩在脚下宽厚踏实的田埂，还有正在接受浇灌的麦田，八岁的麦子和六岁的我没有多害怕，我们自然而然地蹲藏在麦田的田埂下面。天空完全黑了下来，面对面都看不清人，我和麦子一只手相互拉着，另一只手死死地抓住一大把麦秆。沉重的天空被麦浪顶着，我们用弱小的意志和胆量与沙尘暴抗衡着。结果我们还是哭了，哭声只有自己能听得见，哭着哭着就睡着了。等我醒来的时候，听到家人惊喜地叫道："醒了，醒了，小妮子，命大呢。"

麦子当然也免不了他爹的一顿暴打。他爹打他的时候我们全家都在场。他爹一边抹着眼泪一边挥着拳头，我知道他一半是心疼麦子，一半是打给我家人看的，尽管我的父母未曾抱怨麦子什么。无论麦子爹重重的拳头和手掌落到麦子单薄身体的哪个部位，麦子都是梗着脖子直直地站着，一声不响，不掉一滴眼泪。在我们极力的劝解下，麦子爹才住手。等麦子爹住手了，麦子才说了一句话："刮这么大风，我们要是走回来，一定会被刮跑的。"其实麦子爹应该明白：我和麦子在这片荒漠的盐碱地上摸爬滚打，早已如一丛丛红柳随意顽强地生长着，不比南方麦子那样娇柔。

之后，这件事情成为家人不让我和麦子继续一起玩的理由。再长大些，我和麦子都相继离开了村庄，到外地上学读书了。

偶尔和麦子在村头相遇，我还叫他麦子，但是我们之间变得很陌生。那曾经的麦田也都变了，现在已经成了葡萄园。

麦子最终还是满足了他爹的愿望，成为种葡萄的能手。在村上刚开始卖鲜食葡萄的时候，麦子在家设立了一个代购点，行情好的时候，一年能赚几十万，挣到钱的麦子把家搬到了乌鲁木齐。

麦子常开着白色的跑车，奔驰在乌鲁木齐与村庄的路上。麦子又在村庄的西面开了一块荒地，开荒的第一轮庄稼种的还是麦子，用来改良土地，然后种哈密瓜。又一轮的生命密码在无垠的戈壁滩上游移着。

老　屋

身残志坚的大伯，一生走过了七十八个春秋。他走的时候是冬天，没能回到他的老屋与自己的一生告别，应该是他最大的遗憾。

大伯是一位残疾人，他的残疾是先天性的。大伯的鼻子、眼睛和嘴由于皮下血管重叠积聚成瘤而变形。曾经听奶奶说，大伯降生那天，有颗星星整整亮了一天一夜，全村都来贺喜，说大伯是菩萨的恩赐，才和常人不一样。爷爷抱着大伯在全村转了整整三天三夜。在衣不蔽体、食不果腹的年代，大伯享有着爱的阳光，与生俱来的傲气让大伯自由快乐地成长。接着大姑、爸爸、叔叔相继到来，他们一个个健康、活泼、漂亮，他和弟弟妹妹们相继上学读书，大伯在学校的成绩拔尖，诗书琴画样样一点就通，特别是地理和历史，刚刚学过，就能像老师那样站在讲台上熟练地给同学们上课。大伯傲气地昂起那张面容，灵动地展示着年轻生命的风采，他的老师和同学都很佩服他。

大伯的弟弟妹妹一天一天长大，他们都要穿衣、吃饭、上学，每天喝着清汤见影的稀饭，大伯知道，接下来该是什么样的命运等待着他。但是让他没有想到的是，爷爷竟然指着他的鼻子说："给我滚！家里已经容不下你这个丑八怪了！"大伯只是呜呜地放声大哭，没有争辩一句。大伯走的时候唯一带着的随身物品，就是那把陈旧的二胡。后来我才知道，爷爷奶奶已经一个星期没有吃一粒米了，面对五个孩子，如果不狠心，他们都会被饥饿吞噬。面对生存的绝望，他们还有什么选择呢？

年仅十三岁的大伯开始了乞讨流浪的生活。但无论走多远，隔一段日子他总要悄悄地回家看看，时而丢下一些零用钱。然后继续寻找第二天的马棚或车站，那些空间能暂时遮住他稚嫩瘦弱的身体，收留漂泊无依的人。一个偶然的机会，大伯扒上一列拉煤的火车，就从江南水乡来到了新疆。来到新疆的大伯拥有了属于自己的土地，那方方整整的土地表面泛着白茫茫的碱晕，向着拥有他的人示威，同时也渴望着一种生命的衍生。有了土地，人就找到了依靠。

大伯有了自己的一间小屋，是当地人和同样漂泊的流浪者帮大伯垒起来的，那是用结结实实的土块垒成的窑洞。大伯终于可以驻足停留了，漂泊太久后的停留该是怎样的一种幸福呢？大伯用这间小屋先后收留过很多无家可归的人，来了走了，走了还有来的。我常想，大伯的一生没有真正的孤独过，他内心那种对生命的执着和渴望是那么热切，使他曾熬过了五天，没吃一粒粮食竟然顽强地活了下来。

在这间屋子里，大伯先后接来了奶奶和我的父母。那拱形的窑洞，盛着我最初的温暖。大伯起早贪黑地侍弄那几亩贫瘠的土地，奶奶则帮着老乡带孩子，有时捡捡柴火，换些布或馕饼、馓子之类的好吃的。进入冬天，大伯最喜欢的事就是拿起那把日夜陪伴他的二胡，围着一炉炭火，拉一曲《二泉映月》，旋律忧伤哀怨、如泣如诉，使大伯卑微的灵魂瞬间高贵起来。而我曾因幼稚的虚荣，实实在在地伤害过他。一年的六一儿童节，我是个小主持，学校要求穿白衬衣、蓝裙子、白网鞋，而我什么也没有，爸妈出远门走亲戚了，我只能找大伯。他二话没说，立即带我上街去买衣服。第一次跟着大伯上街，隐隐约约听到别人都在背后喊"猪八戒！猪八戒！"正好遇到了我的老师，我急忙和大伯拉开距离，装着不认识似的，表情怪怪地和老师打了个招呼就跑了。我怨恨地望着他，气呼呼地跑回家，大伯那双红红的眼睛，幽怨、无奈地看着我，仿佛在说："孩子，这不是大伯的错。"后来，无论上学或放学，他都自觉地避开我，或迎面急急而过，根本就不看我。而我放学后，总是迫不及待地冲进那间小窑洞，里面定会有很多的美味等着我。现在回想起来，依然以"不懂事"来为自己开脱，其实该是那份浓浓的亲情，掩盖了那份轻视生命的罪恶。

后来，在这间小屋里，大伯送走了奶奶。奶奶去世的那天，大伯彻底崩溃了，他号啕大哭，哭这个给他生命又给他不幸的女人，哭他以后将真正面对清寂的人生。从那时起，我突然发现大伯的坚强似乎都在奶奶的身上。人类生命的意志是坚不可摧的。

从那时起，大伯的窗台上就多了一个香炉。奶奶去世整整三十年了，那香炉从来没灭过，三十年的香灰被大伯埋进屋后的那株枣树底下。三十年，大伯看着我们姊妹一个个走出小山村，而后收获着各自美好的人生。

大伯因癌症去世，是他脸上的血管瘤引起的。大伯临走前，我们几个姊妹都在他跟前，同病房的人羡慕地说："老人家，你这没孩子，比有孩子的人还幸福呢，你看你的侄女们多好。"那时候的大伯是幸福的，他不停地点头说："是，是。"大伯的葬礼很简单，就是家人简单地送走了他，我们姊妹给大伯立了碑，把他喜欢的二胡、香炉、一本《中国地图册》和他收藏的第一部大哥大手机放在里面，这些物品承载着大伯一生的荣辱、自尊与自豪，并将永远地陪伴在他的身边。

老屋继续老着，而保留在我记忆中的大伯不再老去，大伯那斜着身子、靠在门口等待我们姊妹回来的身影，永远地定格在我的脑海里。村庄也是。

行吟荒漠

　　透过蒙蒙雾气的玻璃，戈壁滩，沙砾，牧羊人散落的羊群，在我视线里缓缓地行走。我仿佛听到一些细碎的脚步声，它们拥着娇小的身体与古老的世界对话，聆听诗人赫西奥德的喃喃低语，一行文字在混杂之间生出了万物。博爱的阳光擦拭着大地和苍穹，万物在荒无人烟的荒漠上兀自生长。

　　一阵北风刮过，大漠就有着一些轻微的动荡。枯叶、浮土、废纸和一些干枯的草在没有设防的视线里匆忙地赶着路，这些已被世界废弃的杂物，此时在我眼里却有着生生不息的力量。它们追赶着，行走着，走到路的尽头就是重生之时，或发为新芽，或化为乌有，总会有个归属；风的方向就是它们的方向，它们就是这寂静世界的孩子吧。"那时刻永远逝去了，孩子！它已沉没，僵涸，永不回头！"雪莱冷峻的词句在风里呼啸着来回，我不禁怜悯地慨叹着这个世界，这个世界是个逐渐消失的世界，即如我此时胡思乱想而花费的时间就是这阵风，而我正是追赶时间的一个小小的杂物，我对自己说："这个时刻已经逝去，它已经沉没，僵涸，永不回头，但是我依然要赶路。"

　　那群羊和那个看不到面容的牧羊人还在继续行走着，牧羊人用带着油渍和泥土味道的深蓝色羊皮大衣裹紧身体，一条黑色的围巾从腰上揽住，牧羊人胯下的马儿慢慢地晃悠着，没有一点要去奔前程的野心，它不停地被主人用双腿夹紧肚子，抬起头来几声长嘶，又低下头去慢慢赶路。它在与寒冷抗争，与旅途的孤单交谈。它背上的那些帐篷和干粮袋上留有明显的雪的痕迹，标识着他们是刚从山里"逃出来"的。冬天对于这些流动的羊群和牧羊人来说，应该是一种苦难吧。山里的天气是孩子的脸，说变就变，你还没得及从贴着地面的金黄草叶上收回眼神，一场大雪的来临，就得马上收拾帐篷行装，赶往平地的避所。

　　一只羊突然倒下，那是只才出生一个多月的小羊，它的生命没能经过时间的锻造，自然就娇嫩了许多。只听到羊妈妈悲怜地咩咩叫着。那个牧羊人下马了，他脱掉自己的羊皮袄，把这只小羊包了起来。小羊在带着体温的羊皮袄里蜷缩着，羊皮袄厚实保暖，温暖着弱小的生命，小羊得救了。牧羊人赶紧朝着路边的人家赶去，或许是为小羊寻找一点能吃的食物，或许是为小羊寻找更温暖的火炉，他们在我的视线里消失了，而我还在挂念着他们。我知道倒下的小羊有了牧羊人的温暖，它会永远幸福地回应着它妈妈的那两声悲怜的咩咩声。

　　那个健壮的牧羊人的背影就在十一月的某个时刻印在了我的记忆深处，我始终记得；而那两声紧紧呼应的咩咩声，也让我心中荡漾起一丝的甜蜜。在我们放牧人生的路途上，同样有着一样的过程。

　　面对荒漠的宁静，寻不到时间的源头，从远古的神话里来，从遥远的他乡来，从温润秀灵的江南来。你会偶然地想家，又会长久地兴奋。因为你在另外一种空旷里，又找到了一个心灵的家，荒漠是灵魂的中转站，在荒漠行走一遭后总会有个新的开始。即如这片荒漠所在的小城，它是走出新疆的一个通道，它是南北疆的一个中转站。这里有玄奘取经的虔诚，这里有丝绸之路的辉煌。

一九六○年的一拨支援边疆的青年从四面八方会聚到这里，他们挥舞着手里冰冷的坎土曼，刨除了荒凉。而近五十年的光景，他们的子孙从这片荒凉里陆续地出走，在云南上大学的妹妹说："我们那里太荒凉。"在江西上大学的弟弟说："我们那里太简单。"他们临行前对这个荒漠小城的留恋，早已被江南水乡的气韵所代替，眉宇间的不屑让我有一丝心疼。我仿佛看到父辈们曾经轻装简行地从江南水乡奔赴这里，而我们正步履从容地从这里逃离。

面对眼前将这片荒漠和绿洲分离的那条狭长窄道——说是窄道，其实就是一条被各类农用车轧出的一条土路。路的右面是一条条整齐的垄沟，葡萄树以固定的姿态蜷缩起来，树根深藏于泥土下，享受着来自地心的温暖。这块葡萄地是新开的地，葡萄树上已经挂上了大小不等的葡萄串了。三年前，还冠以戈壁滩的土地，今天已经是满眼绿荫。这个世界是在脚下慢慢地走远，还是在我们的手里逐渐靠近呢？

路的左边是砂石相掺的戈壁和一些废弃干涸的坎儿井，这些凝结西北人智慧的坎儿井，常以一个老者的姿态出现于田间地头。就在这口最大的坎儿井旁，长眠着我童年的保护神——奶奶。奶奶与这口坎儿井相互依偎二十年了，她的坟头每年都是青草茂盛、野花竞开。听村里的老人说，这都和这口古老的坎儿井有关。

冬天，让眼睛与沙漠相恋，这是自己的忧伤之时，"灵魂一旦触及她悲伤的力量，立即束手就擒，在白云纪碑上悬浮"。我不善于制造忧伤，而此时收进眼底的都是一些残败的景象。一些被抛弃在路边的矮墙、砖块和被碾碎的玻璃，还有几只被遗落的旧手套，成为这块荒漠的主角。不远处，已进入冬眠的"磕头机"（打油井的机器），傲然地屹立在这片荒漠上。顺着这些错落排开的铁甲机器，一些名字进入眼帘：鄯善、温米、丘陵、巴喀、红湖、温西。这些有着一定意义油井的名字，它们把某个时段的历史隔开，从这些名字进入它们的领地，有着不一样的思乡感受，不一样的怀旧情怀，不一样的爱情故事。而后以不同的姿态离开，十年、二十年后，从这片荒漠里隐退。地底的那些宝藏装点着这座边陲小城，它们从地底腾空升起，进入千家万户，一个个简单的管道就让这些天然的燃料进入小城的家家户户，被用来取暖做饭，但是能知道鄯善、温米、丘陵、巴喀、红湖、温西这几个油井名字的人并不多。

这个冬天，我认真地亲近一些事物，因为自己的想象能让它们感受到一缕温暖。又故意疏远一些事物，比如我告诉自己寒冷的季节不要刻意地去想念一个人，或怀念一段已逝的岁月。还是撩开眼前的雾气，让自己去温暖自己吧，除了体温之外的向往，"自站定、沉思，直到爱情、声名，都没入虚无里"。

二 塘 沟

"走出那静谧的氛围，进入那颤抖的空气，我来到一个地方，那里看不见一线光明。"我时常在这样的梦里仓皇逃逸，逃出黑暗和静谧，穿过一片空地。蜥蜴、沙石、风或一些不知名的小虫，它们静止或灵动地充当这个世界的主角。我跨过这块空地，进入一片湛蓝的水域，我叫它海。我从没见过海，我所见的都是有尽头有方向流动着的水。

水以渠的模样若隐若现隐藏在大漠。滴水穿石，连坚硬的石头都不怕，何况这有着红柳的荒漠呢？

水从高处来，方向自南往北，青白色的水花肆意地跳跃着，像个刚刚出浴的女神，娇嫩的身躯拖着长长的水袖，从山的那面甩到这面，婀娜地挥舞着。在一件青石外衣的呵护下蜿蜒前行，水穿越荒滩，荒滩静静地享受着，不焦躁、不凶悍。水是黎明女神厄俄斯，只轻轻挥舞着长袖，荒漠的整个黎明就到来了。

一渠水，白日里它本分地保持着水的安静、温柔、内敛，从百里之外冰川的罅隙里飘然而来，水击打石头发出清脆的声响，像一首绝妙的歌。到了晚上，它率性地在荒漠中倾诉着心声，流过峡谷，穿越庄园，径直地前行。它要深入，深入到根，深入到心，它要留住将要奔走和迁移的人群。他们见到清凉的水笑了。跷腿下马，合拢手心，掬一捧送进嘴里，一股清凉在焦渴里扩散，激活了粗犷汉子的雄心。我为什么要走，有了水我就要留下！

一个男人因为水被留住了，一个女人因为一个男人被留住了，一个村庄和一片绿洲被留住了，一段历史在书页中被留住了。我在这个春日的夜晚，随意翻看一本案头放置的《鄯善地名图志》，去重复我儿时的一个梦境。

我在梦里常与水相遇。人们常说，日有所思，夜有所梦。在我六岁的生活空间里没有所思，只有对未见事物无限的向往和设想。我所见的是一排排错落有致的窑洞，它们散落在一个古老郡王府的四周，地面的浮土被各种各样的车轮轧过，辙痕纵横交错，方向不一，浮土被沉淀下来就成了一条路。南来北往的人和事，随着岁月在昼夜喧哗中忽闪而过，留下一道尘烟飘散在空中。这里有着西域长史班勇和三百名屯垦戍边的士兵豪饮猜拳的声音，有着汉代戊己校尉关宠率兵抗击匈奴时战马嘶鸣的悲壮。南北朝的麹氏高昌在此设田地郡、田地县。

偌大的西域选择了这里，也选择了这里偌大的世界。

村口的那口坎儿井，一架辘轳横跨在井口，威严地把持着。一段绳索续到井里，一桶水提上来了，清澈透明，偶尔还沉淀些细细的沙子，但不影响人们使用。水从井底提上来，用来洗衣或做饭。我使尽全身的力气绞着辘轳，想把盛满水的桶绞上来。我努力了很多次，最终还是没能做到，那水依然在井底等待着。我哭了，我六岁的肩膀抵不过一桶水的重量。我站在井口看不到水的模样，于是我对那口井和那井底下的水充满了想象。

六岁那年我在那条水渠边玩耍，被美丽的水花所诱惑。我喜欢看这渠里只用一种声音、一种姿势行走的水。我在课本上学过华夏母亲河黄河，它九曲回肠，被一代又一代的中华儿女颂扬。在我六岁的思维里，那不是一条河，而是小人书上讲的那些杀死坏人、拯救百姓的大英雄。而立于西部荒漠的我，的确想象不出伟大的母亲河的宏伟和壮观，我只见过位于连木沁天山北段二塘山口的荒漠戈壁上一条名叫二塘艾格孜的水渠。

我跟着父亲来看护这条水渠。这渠有个水闸，该到什么时候给哪个村上水，父亲接到通知就立即开闸，那闸门一开，水瞬时改变方向，奔跑着完成它的使命。在开闸的那一瞬间，急流激起的水花溅到你的脸上，弄湿你的衣服，无论戈壁滩上多热的天气，你也会觉得沁心的凉。水之于戈壁本来就是个奇迹，之于在和酷暑抗衡着的村庄和庄稼，它本身就是个神，这群无色无味却有声的水似乎明白自己的身份，它就是这片戈壁上所有生命的王。

一天中午，我在一块石头下面看到一棵小榆树，从石头罅隙里挤出的绿绿的树苗，随着荒漠上粗野的风悠悠地摇晃着，旁边一丛丛红柳摇摆着柔韧的腰肢，随着风东倒西歪。树苗离水渠不远，它的根系可能早已从地底深入到水渠的中间，水渠里的水早已无声地渗透到还未扎稳的树根里。但面对近五十摄氏度的荒漠高温，小树还是有点发蔫，我伸手去接那美丽的水花，想把它移到一棵需要怜爱的小树跟前。我的脚底突然一滑，就滑到了水渠里，我大声呼救，哭喊声跟随着水的浪花不断起伏、翻滚，在这前不着村、后不着店的荒漠上，我的哭声和着水流的声音，没有人能分辨出来。我大声地呼喊着爸爸，我的声音逆着水流叫醒了爸爸。爸爸慌忙从小屋里奔跑出来，大声叫着："我的孩子，救命呀！"我是迷迷糊糊地听到这个声音的，之后就什么也不知道了。当我再次能听到水的声音的时候，感觉到一双粗大的手不断地掐我的人中，按着我的肚子，并且和爸爸交谈着，似乎在交代什么，又像是安慰。大概意思是：这水流得很急，冲力比较大，今天轮到他巡视水渠，不然这孩子就危险了。当我睁开眼睛时，我看到他的膝盖和额头都碰破了，殷红的血不断地蔓延。我幸运地成为了这条水渠的孩子，半梦半醒间看到了神话故事里那个英雄。当我完全清醒的时候，才知道是一个陌生的大叔从这条水渠里捞出了水淋淋的我。

就在买买提大叔穿过这根横在渠上的横木到对岸，想接近那丛茂密的红柳而觅得一小片阴凉地时，发现了溺水的我。"在纷繁的相逢中/让我们倾其所有成为它的份/以便秩序出现/在巧合的意图间。"每当我重复这片刻的记忆时，总是随口吟诵这些如水般的诗句，大抵是缘于生命的重新开始吧。如今，那丛红柳绿色的叶片已经退化成鳞片状，伏贴在嫩枝上，枝条的顶端开放着朵朵小小的或红或白的小花，迎着夏日的烈阳，坦然和无畏地随着热浪摇摆着。这摇曳着的小小花朵，早已覆盖过了秋菊的佳色、牡丹的艳丽、玫瑰的芬芳，它昭示着随水流而逝的岁月还是留有的痕迹。

荒漠、红柳、买买提大叔和与死亡擦肩而过的我，还有一些躲在砾石、杂草之间的小虫，都在这个瞬间无意地相遇，他们是按照自己固定的方向前行，而我被一丛红柳留住。

这条渠水继续流动着。人们时常把供养自己的那条河称之为"母亲河"，或寻源，或寻根。而我今天再次来到这里，这片荒滩已经被果园和庄稼挤满，我左右寻觅那丛红柳和那棵小榆树，它们都从丑小鸭变成了白天鹅。几家敞开着大院的彩门旁，五颜六色的花儿对我频频点头示意。

年近六十岁的买买提老人蹒跚地从这棵榆树走到那棵桑树下，从这棵桑树再回到那棵榆树下。他拄着榆木做的拐杖，捋着发白的胡子，出神地望着从他家门前桥底下忽闪而过的水。他的征途也将这样慢慢消减，而他周围的绿色则是他生命永远的见证。这棵榆树是当年和我小小生命有关的那棵吗？

六岁那年的一个午后，成为我生命里的一个印记。

二塘艾格孜，淳朴善良的买买提老人，永远是这片荒漠里的刻度。

桃 儿 沟

　　新疆常常被"辽阔"一词形容，那寸草不生的火焰山下的泉水和绿洲，又让新疆大地多了一些隐忍和细微的表达。

　　吐鲁番绿洲文明的起源和发展，大多依靠河沟汇集的天山雪融水，桃儿沟是火焰山所属七条沟中的第一条河沟。

　　仲夏，进入桃儿沟村之后，仿佛进入了一个世外桃源，这里阡陌交通，鸡犬相闻，男女老少怡然自乐，你分不清哪些是本地的村民，哪些是来避暑的外地游客，他们在高大的桑树下，享受着乡间悠闲的时光。

　　桃儿沟是火焰山的边界，因曾经桃树多而闻名。现在再寻桃树已很难，山水的滋养得益于地势，一个丰富的绿色世界在火焰山脚下绵延，诠释着火焰山寸草不生的另一层含义。

　　一渠清澈的流水沿着葡萄地的垄沟悠闲地流着，渠边的小草娇嫩而柔弱地分列于水渠的两侧。行走于绿荫如毯的葡萄地里，呼吸着新鲜的空气，几分休闲而放松的惬意不由得随之而来。穿越几条曲折通幽的乡间小道，到了一条大沟的沟底，这就是容纳着一个村庄的桃儿沟。民房随平地而建，葡萄随坡地而生，沟底平坦多浮土，古老的桑榆立于两边，树干几乎埋在土里，几根枝杈直接从干硬的土地里长出，粗厚的树皮紧密地包裹着树干，树枝随性地伸向天空，挂满了桑葚。摇摇欲坠的桑葚，紫的、白的、黑的，要把甜蜜的事业进行到底。成群的麻雀叽叽喳喳地品味着天然的美餐。你随手摘一颗桑葚，吹一下桑葚上的灰尘，迅速放进嘴里，一股香甜统治了你的味觉，甜而不腻，接着又摘了一颗，直到有了饱腹之感才能真的停下来。

沿着两排桑树继续向前行进，一条渠沟横在我们眼前，挡住了我们的去路。沟两旁长满了绿苔，沟底隐约还能看见一些小鱼自由欢快地游着，而离我们不足百米之外是烈日炎炎、"脚下生烟"的干燥土路。此刻，在如绿毯般的葡萄园深处，我们仿佛来到了"桃花源"。苍老的古桑古柳古榆树以遒劲的树干为桃儿沟历经的岁月做证。路越走越窄，我们必须跨过这条横沟才能到达沟谷的更深处。同行的向导不知从哪里抱来几根木棍横搭在沟上，我们互相搀扶着小心翼翼地通过流水淙淙的横沟，继续向谷底行进。路越来越宽敞，树木遮天蔽日，高大的白杨树从深深的沟底直插天空，一棵粗壮的柳树横亘在路的中间，让我们每个要经过它的人都要低下头躬身而过，仿佛在给它行礼。几棵枝繁叶茂的榆树挺拔着高大的身躯，垂下几支树枝，让大而厚的榆树叶也与我们亲切交谈几句。"这是榆树吗？""应该是。""叶子怎么会这么大？""因为这里的水很丰富嘛。"自问自答的几个问题，抑制不住我们来到这世外桃源的喜悦。前面突然有人兴奋地叫了起来："罗布麻，罗布麻！"向导告诉我们，这条沟谷中生长着很多种中药，刺儿菜可用来清热解毒，节节草可以用来治慢性气管炎，罗布麻可用来降血压，等等，一向沉默少言的艾主任开始了他的中草药普及。他从小穿梭于这些奇珍异草之间，时间久了就成了"土专家"。他说起这些草药来如数家珍，陶醉而又兴奋。放眼望去，这些有名和无名的野草们隐秘地生长在古树丛中，等待着与它结缘的人们来品味。沿着沟底继续行走，几只乌鸫鸟、斑鸠在这古老的树林里啾啾地叫着，这两种喜欢独居的鸟儿像在跨界交谈。在一棵大树下，有两三个人背靠着树干正在"下方"（一种民间游戏），他们随意拿起树枝在地上画方格，用小石头和树枝当棋子，你来我往，一玩就是一上午。不远处，一对青年男女坐在葡萄架下窃窃私语，男孩含情脉脉地盯着女孩，仿佛在等待一个答案，女孩手里玩着葡萄叶子，低下头娇羞地回避着那热烈的眼神。淡紫色的罗布麻花，深紫色的红蓼，暗紫色的刺儿菜，白色的一年蓬，还有野薄荷、紫菀，在桃儿沟，我嘴里念念有词地要把这些花花草草的名字都记住，就像记住一个个兴趣相投的好友。

沟底忽见一条小溪不紧不慢地缓缓流向我们，与我们之前追随的水流方向相反。这又激起了一行人的好奇心，我们拨开杂草的羁绊行至不远处，忽见前面一片一人高的芦苇荡，芦苇密集于山口，仿佛是迎接我们的到来。要不是亲眼所见，你根本想象不到，适于湿地或灌沟生长的芦苇，怎么会依傍寸草不生的火焰山而生。穿过芦苇地，奇迹继续在我们的眼前呈现，几棵盘根交错的古树深深地嵌在一座断臂的沙砾山崖上，苍劲粗壮的树干互相缠绕在一起，断臂的山崖上零星地点缀着小草，一股清泉从草丛里显现，一滴滴纯净透亮的水滴有节奏地滴着，崖壁下面由水滴汇聚成的溪水顺着地势而流，逐渐流成一股清澈的水流。大家瞬间明白了，刚才一路与我们相向而行的水流之源是这处泉眼。同行的男士们纷纷伸手接住那滴滴的泉水，双手捧着水一饮而尽，边喝边夸奖着："这真是天然的纯净水呀。"我也忍不住学着大家的样子接了一口水，小心地送到了嘴里，泉水冰冰凉凉的，还带点甜味。寸草不生的火焰山被这一泓清泉抚慰。

据说，有位商人偶然路过桃儿沟，也被桃儿沟神秘而又迷人的景色所吸引，于是想在这里打造一个旅游度假村，但最终无果而终。

火焰山深处隐藏着桃儿沟这样一个绿洲，供人类休养生息，让人们过着安居乐业的生活，这也应了"高下相倾，音声相和，前后相随"的大自然朴素哲学。

柳中古城的春天

在北方，春天的旅程是短暂的，也正因为短暂而显得弥足珍贵。

柳中古城的春风仿佛只是来报了个到，浮光掠影地巡视一遍古城的角角落落就完成了春回大地的任务。春天的急促和匆忙，使柳中古城的春风略显张扬了一些。就在一夜之间，它让树绿了，花开了，布谷鸟、燕子——平日里见不到的鸟儿，瞬间闪现。它们是什么时间来到西北，以什么样的姿态飞翔，又以怎样的方式来适应荒漠戈壁的干旱，这些超越想象的事件，只有春风自己知道答案。古城墙上一群麻雀叽叽喳喳，好像也在讨论春天的问题。赭黄色的古城墙不动声色地凝视按兵不动的春天，它知道，不计其数的绿色骑兵正跟随着春风齐头并进地向柳中古城汇集，就像当年接到军令的士兵们一样，最终把喧闹的身影都留在了古城，成为古城恒久的四季。

古城的春天又是缓慢的，慢在时间的城墙里。游览古城者在一片废墟上探寻时间的印痕。那堵千疮百孔的墙横亘在几棵新栽种的杏树旁，有种闲庭信步的情趣。墙，安静地站立，像一位慈祥的老人宽容地接纳没有答案的争辩。被尘土湮没的小径，沿着阡陌人家纵横交错，几个孩童欢快而来，一阵尘烟从他们脚下扬起，纯净爽朗的笑声在尘烟里消散。耳际又一阵风似有似无地侧身而过，告诉来者古城的昨天和今天。大地上生长着的事物所得其名大多跟它出现的时间、地点和事件有关。关于古城的故事就像风一样，从一个朝代刮向另一个朝代。

据传，在西汉时期，一支曾是荡平七国之乱的精武之师，到西域戍边屯城，栽柳是他们的传统，故古城因遍植柳树而得名"柳中城"（今鄯善县鲁克沁镇）。其实，古城得"柳中"之名是在明代，有明代使臣陈诚的诗句"楚水秦川过几重，柳中城里遇春风"为证。当地的人们更喜欢那支精武之师的传说。对于古城来说，这又有什么区别呢？对古城昨天的想象都和春天有着密不可分的关联。用豪情和柔情屯田戍边的汉子，他们为何钟情于一棵柔弱的柳树，他们和柳树温柔地对话，柳树温柔地回应。柳树用摇曳婀娜的身姿向壮士们问候，给他们带来家乡的气息。从东面吹来的风中，有一缕风经过了壮士的家门，风过家门时，家人在风里捎话。有的对自己说，有的对风说，母亲对孩子说，老人扶着门槛对门说，无论他们对谁说的话，风都听到了，风收藏着每一份需要传递的思念，风尘仆仆地来到了柳中古城里。古城的春天到来时，战士们即将出征，他们策马飞奔，从柳树下疾驰而过，有奔赴战场的快意，也有早日还乡的祈盼。一场又一场的出征，一座城池落在了荒原的深处。荒芜与绿洲的对视，是生命与生命的对视，在它们相互强行地进入中，一种文明就此而生。这股文明的春风不分时节和朝代，在蛮荒的戈壁上书写着生命的奇迹，让戈壁长出绿来，让焦渴的眼神变得温润而柔和。一队驼铃声悠远而绵长，高高的驼峰上装满制作精巧、纹路优美的瓷器和茶叶、白矾、砂糖向西而行，另一支驼队驮着石榴、葡萄、苜蓿向东行，他们在柳中古城相遇了，商人们讨价还价声不绝于耳。有谁见证了这些呢？只有风。风是旷古荒原上忠诚的记录者，它如实地记录一个时代的幼年、少年、青年、壮年、暮年的所有经历，如一位老人在西域大地上蹒跚地行进着，带着隐忍走向繁华和喧嚣的尽头。

我曾行走于钟灵毓秀的襄阳古城，踩着脚下的一砖一瓦，脑海里总会有熟知的故人来和你幽会。而在柳中古城，行走于空空荡荡的黄土之上，仿佛自己就是那位曾经来过的古人。在一场春风里，与古城合二为一。

畅游在柳中古城，一枝新绿贸然出现在我眼前，毛茸茸的柳树芽从一堵满目疮痍的古墙后面伸出，沉重里带有几分俏皮，平常里又有几分突兀。城里的绿像是领命而来的，它率先在一棵高大的核桃树上落脚，核桃树枝叶从高门大院里伸出来，铺在半空中，刚到人间的嫩芽好奇地探访一切，它摇晃着身姿与经过的风问好。风领受太阳的恩惠，充当大地最公平的使者，从东到西、从南到北走了一遭。它用丰盈的雨水滋养南方的秀美，它用力量催生西北辽远的苍凉。它执行大自然的指令，从东海出发，来到了阳关，过玉门，吹响羌笛，唤醒杨柳。走在古城之内，一眼断壁残垣的城墙，一眼飘摇的新绿。它忙碌地告诉每一个人：它经历了南方莺歌燕舞的喧闹，穿过了百花齐放的繁华，它带着春天的使命直接在古城安营扎寨。古城的春天就这样来得猝不及防又理所当然。

　　在柳中古城，一场春风自汉代吹到今天已近两千年了。我有幸见证了其中的一段，几十年的风霜在两千年的风尘中显得微不足道，但总让我满怀豪情地从古城的每一个时间之口进进出出。我总是自豪地告诉不太了解和熟知我的朋友们，我是在柳中古城长大的。他们问柳中是哪里？我就开始滔滔不绝地讲着我所知道的那一点点历史。柳中是一座古城，现为鲁克沁镇，那里曾是驻守西域边关英雄们的营地，有陈睦、关宠、班超、班勇的足迹。我最喜欢讲关宠战死在柳中的故事。匈奴骑兵对金满、柳中发动进攻，关宠终因寡不敌众，战死在柳中。耿恭在金满失守后退守疏勒城，孤军奋战，最后只剩士兵二十多人。直到第二年，东汉援军收复柳中，才救出了苦苦死守的耿恭，当时的匈奴为之震惊，东汉王朝为之动容。有人说关宠将军死于城内一棵柳树下，也有人说关宠被柳树神所救，后来回到中原，还有人说关宠的英魂化成了柳树，永远地守护着他为之献出生命的这片土地。人们所有的臆想和猜测都是对英雄的怀念，也是对这片留有英雄气概土地的敬仰。关宠之后，东汉名将班超与其子班勇智勇双全，他们无战事之际则组织士兵开荒屯田，储备军力，有战事就驰骋疆场。我一直喜欢追寻这种充满豪情和温情的故事，一片土地一旦植入这些故事，就会兀自长成一棵树，无论时间怎样流逝，依然能清晰地看到深浅不同的年轮，记载着人世间的悲欢离合。柳中古城记录的不仅仅是过去，还有比过去更宏远的现在。即如目前我正在柳中古城内经历的这个春天，每一阵风的经过都会让我心潮澎湃又思绪万千。

　　四十年前的一个春天，我带着一颗跳动的心脏、柔软的四肢和空白的思想来到这个世界，来到了柳中古城。我的前生应该是生长在江南水乡的一棵垂柳吧，不然怎么会在春天出生呢？有人说，每个在世间行走的人，都会有一种事物与他相对应，那么在柳中古城，我就选择一棵柳树或者一阵风。从江南水乡到西北大漠，从春夏到秋冬，最终选择了在春天敲开生命之门。我与世界的第一次对话留在了柳中古城。自此，以我为中心，父母把他们的生活和青春安置了下来。

　　生命来处是美好的，过程是艰辛的。初来乍到的父母人生地不熟，生活环境与江南差距极大，加上生活拮据，年轻的父母性格和脾性都有了变化，我成了他们之间最大的问题，他们经常争吵。我的母亲经常抱着我流眼泪，她一定许多次萌发过丢下我一走了之的想法。但是，母亲是慈爱的，她最终没有丢下我，而是擦干眼泪，投入到艰辛的生活中。母亲在这片荒芜的土地上找到了平衡，她成为一名种地的能手，还成为村里的能人，能写能说，年轻干练，先后被选为公社的人大代表和县上的人大代表。这是母亲一辈子的荣耀，是一个农村女人一生仅有的辉煌。她总爱给我的弟弟妹妹们细数在柳中古城生活的过往，而对他们来说，就像在听母亲讲述别人的故事。

　　记忆中，我的家坐落在一个大坑的底部，几排凌乱的旧屋随意撒在大坑里，从坑上面看下去就像人随手丢弃的几块旧物。据说那个大坑就是当年的护城河，是柳中古城的西门。我家的屋子就在河底，那是一个很简单的窑洞，一扇门、一扇小天窗，几只歪歪扭扭的板凳装点着空空荡荡的窑洞。白天，阳光透过天窗射进屋内，小小灰尘在那束光里来回不停地晃动，我跟随着那束光线移动。我感到很奇怪，光线进入屋子就有了自己的形状，伸出小手想去抓，手挡住了光线，光线可以穿透我的手背，照得手背通红透亮，像一朵小花安静地开放在屋子里。我很珍惜小天窗里投射的那束亮光，经常是蜷缩在那束光里睡着的。等父母从地里回来，天就黑了，他们会把我从地上或草堆上"捡起来"抱到床上。从那时起，天黑对于我来说就有了另外的意义，天黑了，我就可以享受父母温暖的怀抱。时至今日，黑漆漆的夜晚总会给予我源源不断的灵感，丰富的词语填满黑黑的夜。此刻，呈现在我眼前的景象是，一排排的砖房整齐划一，一扇扇色彩缤纷的大门半虚半掩，各色的门楼造型彰显着主人家的特色，明亮的窗户配上带蕾丝边的窗帘，屋内不时传出孩童嬉闹的笑声，曾经的那个窑洞小屋在哪里呢？一枝从院子里伸出的新绿，在春阳的照射下，影子像印在了古墙上，像极了儿时窑洞里那束透窗而过的光亮。大坑早已被填平，那堵城墙依旧在，只是旧的城墙变得矮小了，但它在风雨中坚守近千年的岁月依旧存在。依墙而立，不禁有些伤感，童年记忆里的坑已被时间或风填平，父母的青春在这片土地上被我们填平，古城可以留住时间，而我不能。

　　一只蜜蜂嗡嗡地从我耳边飞过，一股清香迎面扑来，几个孩童欢快地奔跑，一阵尘烟从他们脚下扬起，纯净爽朗的笑声随着视线逐渐远去。我仿佛只是在原地转了一个圈，他们在这小巷里的笑声就像我当年的笑声，就在春日的某个瞬间被收藏。一缕炊烟从不远处的屋顶飘来，我闻到了一股饭香味。此刻曾被柳中古城收留的我，慢慢向我走来，继续与我同享这流连忘返的春天。

那天，我为古城写下了一篇春天的日记。"你是语言，是符号。我在你残缺的身体上写信，从汉家的烟火起笔，写荒野戈壁恒久的寂静，写关宠兵营里将士们的豪情壮志。我在杨树的飞絮里读书，读长史书里的金戈铁马。我遥望天山吟诗，在柳叶里与古人幽会，在葡萄藤里初相遇，我还想与你在'葡萄美酒夜光杯'的浪漫里话别，和你斜倚在古镇的小旅馆窗口，共品恒久的夕阳。做完这一切，沉睡的柳中古城就慢慢醒来了，在全城的桃花盛开之前，我与你仿佛过了两个春天。"

春风浩荡

在新疆等待春天的到来，就像等待一个孩子长大，等待自己变老，猝不及防，又时日漫长。

地处沙漠边缘的小城鄯善进入春天的仪式感，需要具体到刮了几场大风，下了几场沙尘暴，直到人们习惯性地接纳浮尘漫天的日子，春天就来到了。

立春，是大自然发给人间的通知，万物要参照执行。轻轻翻过立春的日历，雨水、惊蛰、春分、清明、谷雨，节气按部就班地列队前行。这些节气与沙漠边缘小城的春天没有多少关系，荒芜依旧荒芜，寂静依旧寂静。能感知到的变化就是风越刮越温顺，偶尔滴几滴雨，孩子们奔走相告地喊着"下雨啦，下雨啦"，昂起小脸奶声奶气地背诵："种子说：'下吧，下吧，我要发芽。'小朋友说：'下吧，下吧！我要种瓜。'"每一个人的童年里都留有这样一个春天。"下雨了啊——"老者温厚的声音里带着一丝窃喜，在他们垂暮的生命里，春天依然是春天。

在春季这场浩大的生命运动中，风是一个合格的监察员，它不放过任何一个监察对象，不辞劳苦地从大洋大海奔忙而来，越过山川河流、花草树木,吹过裸露的和隐藏的每一个角落,它强行地叫醒善的、恶的,弱的、强的,让它们统一生长,互相较量。风吹到戈壁滩时,我常能听到满地飞沙走石噼里啪啦的声响,仿佛千军万马奔腾而来,这是童年春天的脚步声。

在岁月的长河里,童年的记忆全部被村庄的风声收藏。我常和一棵冒着新芽的杨树比高,妈妈常常边梳洗她那浓密的黑发,边宠爱地说:"小孩和树一样,见风才长个儿。"我快速地跑到空旷的地方,对着天空昂起脸,又迅速跑到妈妈面前,兴奋地说:"风吹过了我的额头啦,我今天又长高了,我要追上玲玲了。"说完一溜烟儿跑出院门,巷子里的孩童们的嬉闹声,被更多的风追赶着。

库木塔格沙漠脚下的沙泉最先听到风声。一泓清泉在微风的吹拂下,晃了晃落在水里的影子,树和天空也跟着晃了起来。泉水把沙子从地底下顶起来,水和沙混合的泉眼像一双双眼睛,含情脉脉地与春天对视,它要把天空看蓝,把大地看绿。泉眼并不固定,数十个泉眼按照各自的节奏,咕咕哝哝地对大地诉说着情话,几根水草漂荡起来了,它依靠大地的体温以水的形态度过了寒冬,继续开始了与水相伴、与喧闹相伴的一年。沙湖里的冰化了,几只绿头鸭在水里游着,它们如恋人般在水里游戏,时而潜入水底,时而飞到一块漂浮于湖心的木板上,啄啄自己漂亮的羽毛,有时也会完全放松下来,安静地在木板上蹲一会儿,静静地看着水里的伙伴嬉戏和玩耍,像要把这个春天印在脑海里一样。沙湖边刚刚泛起绿意的芦苇、旱柳似醒未醒,正在努力挣脱大漠荒野的枯黄底色,一点一点变成自己的模样,芦苇冒出了苇尖,柳树也长出满口绿色的小牙齿，咀嚼春风的味道。沙湖边坎儿井的水从不远处的东巴扎乡塔乌村的坎儿井里来，正在赶往前方的葡萄地。坎儿井的水流经了上百个春天，这位永不知疲倦的敲钟人，用它奔忙的温柔唤醒沉睡的沙漠，它早已成诗、成歌。"坎儿井的流水清啊，葡萄园的歌儿多……"

一窝一窝的水草在沟渠两旁露出了绿色的脑袋，好奇地打量着身边光秃秃的沙山和古树，并认真地提醒人们，从去年的十一月到来年的三月，被捂了半年的时光，也该拿出来让风吹一吹，让阳光晒一晒，让流水洗一洗。

风到库木塔格沙漠，已没了清风拂过杨柳面的轻柔，剩下的是今夜不知何处宿的苍茫悲壮。经过荒漠的风变得更开阔了。被风吹过的石头、骆驼刺、罗布麻甩甩干枯的衣袖向风行大礼。风来到了纸张上，从一个春天就移接到了另一个春天，这是诗人最喜欢做的事情。

从立春到清明，春天才能真正地来到小城。来到小城的春天率先来到"我的田园"。春分一过，园子里榆梅、丁香、杏花、李花竞相开放。只要一进园子，花香便扑鼻而来，能真切地感受到一朵花就醉了一个春天。

"我的田园"是我的工作单位所在地，占地六十亩，办公用地仅占十亩，剩下的空间由各类花草树木、亭榭假山所拥有。园子是二〇〇七年开始建设的，那时我刚过而立之年，调任到文联工作，并参与到园子的建设中。那一年，我的春天与园子一起重建。从科员转岗为管理人员，思维、心态、认知都需要成长，我跟着一个极具亲和力、富有浪漫情怀的领导学习和工作，那位领导对文艺的热爱深切地感染着我。热爱是人类最朴素的情感，它不自觉让你回归本真。我穿行于各个层次的论证会，领略专家们笔下富有历史美感的古建筑与隐藏在建筑里的人和故事。对于从小在土坯窑洞里长大，在沙漠脚下生活的我来说，每一场聆听都有如沐春风之感，像沙漠脚下那棵旱柳，汲取坎儿井水的清凉，历经沙漠的炙烤，粗粝而又自足地生长。

"我的田园"的大门仿照唐代的拱形建筑，几根厚实的褐红色横木错落有致地穿插形成天井状，两根浮雕立柱端庄稳重地立着，浮雕上刻有张骞凿空、班勇屯田、楼兰变迁等历史事件的简图，古朴笨拙的身影在一阵春风里，让时光不停地回溯，让远走的人不断地回来。大门内侧的国画牡丹、梅花木刻图，迎面而来的书香气息，让你瞬间安静下来。"达济天下建千秋基业当忧先民忧而忧，躬耕田园修百年之身亦思后人乐而乐"的章草龙门对联，字字独立又相连，行云流水，见证一个书写者意气风发的瞬间。这些长在墙上的事物，常迎来无数好奇的目光，如春天沙泉的泉水清澈明亮。

园子里大多时候是我一个人在。我每天早晨上班，沿着园子里的小径转上一圈，向同样开始一天生活的花花草草问个好，再去办公室办公。时间久了，我对园子里的植物如数家珍，松树、白蜡树、火炬树、李子树、枣树、杏树、桃树、榆树、桑树、丁香、蒺藜、铁线莲、苜蓿、牛筋草……每天都要和这些植物说几句话，它们在各自的岗位上观日出日落，从春忙到冬。当我能准确叫出它们的名字时，我们就成为亲密无间的伙伴了。

几丛鬼针草与艾草又开始了一年的邻居生涯，它们刚刚冒出了新芽，我已能明确地分辨出哪个是艾草，哪个是鬼针草。天生带着女性气质的艾草，一冒芽就像一个天使，掌形的叶子，自带亲近感；而锋芒毕露的鬼针草，叶子细长，开花时叶子枯萎，花落果熟，如针状的果实见谁粘谁，所以又名"粘人草"。鬼针草的药用价值很高，是中国民间的常用草药，全草可入药，据《本草纲目》记载，鬼针草具有清热解毒、散瘀消肿等功效。也许本身具有生存的底气，它们从不评判脚下土地的肥沃或贫瘠，只努力地生长成本身的模样。栅栏边的几棵蒺藜贴地而生，已经长到了路的中间，依旧按照自己的方向延伸再延伸。灰灰菜、马唐、苦豆草……来年的它们不一定可以见得上，这并不影响它们在这个春天里的奋发向上。

在这个园子里，我评比出了春花三甲——杏、桃、李，报春三杰——甘草、牛筋草、苜蓿。杏花是最先开的，满园子的杏树像约好了时间似的，风站在门口喊一声"杏花，要开了"，一夜间，白的粉的杏花齐刷刷地开了。接着桃树、李树次第开花，一时间蜜蜂们集结于此，它们在忙碌间谈论今年哪种树花开得茂盛，采的蜜成色如何，在评判间，就完成了从一朵花到一枚果实的工程。

小城常有几只燕子飞来，偶尔有误入迷途的白鹡鸰路过园子，刚巧被我碰到，到了第二年的春天，它们客居哪座城市，不再有人知道。

与园子相生相伴的这十几年中，我有五年离开了园子。离开的那几年，我像个被搁置异地的恋人，思念、想象、等待相见。

无论我在或不在，园子都安稳地待在我所经历的春天里，它有时候在汉江边，有时候在岘山脚下，更多的时候在我的梦里。
我把园子写成了诗，随身携带。

那个园子,如一间空空荡荡的屋子
那个园子,不是我的
是乌鸦、麻雀、杏、梨、桃的
春天,它们在园子里呼朋唤友开花结果
夏天,在园子恋爱、繁衍
它们无忧过往,无惧将来
而我每天从青石板路上走过
如一阵风飘散

那个园子,有许多人来来往往
米芾在与怪石说话
"此足当以吾拜"
两块石头,唤醒了两座山头
书圣与一渠流水酣谈
"兰亭丝竹,一觞一饮"
一醉并未解千愁
陶翁坐于葡萄架下
结庐于人境
一直都在与喧嚣为伴

那个园子,还有许多空地

无论走到哪里

我都带着它

如一间空空荡荡的屋子

园子里的春天，是从牛筋草开始的，它是春天的"吹哨人"。如针的绿，一夜之间钻出来，细细的绿攻破一冬的坚硬，在春风的召唤下，它摇摆着身姿，趔趔撞撞地来到了小城鄯善，来到了园子。

在一抹斜阳的映射下，一丛刚冒绿的牛筋草紧贴着刚开墩的葡萄老根，像几根绿线缠在粗粝的葡萄根上。这棵葡萄树龄至少五十多年了。牛筋草选择葡萄老根来为园子的春天报喜。粗壮的葡萄根积蓄了充足的水分，传递给牛筋草的根。牛筋草在逐渐融化的土地里慢慢地醒来，伸伸懒腰，身下的床变松软了，屋顶也变薄了，再活动下筋骨，就穿过厚厚的土层，见到了阳光，它一边欣喜，一边自言自语地说："又一个春天来了。"紧凑的根系，互相告知春的消息，一夜之间，一丛浓密的牛筋草就长出来了，牛筋草完成了作为杂草的使命，让园子里的春天拉开了序幕。

苜蓿是春天最亲民的植物。苜蓿从不选择出生地，荒野戈壁，房前屋后，只要是有空地，不管是风带来的种子，还是鸟儿带来的种子，抑或是羊群带来的，只要具备生根发芽的条件，它就义无反顾地生长。苜蓿还有一个霸气的名字叫"牧草之王"。这里蕴含着两层意思：它的生存能力强、生长面广，新疆地广人稀，到处都有苜蓿的身影；比起其他的野草，对于食草者来说，它口感好。

园子里的苜蓿紧挨着葡萄垄沟长，成群结队地赶着趟儿生长。刚长出来的苜蓿贴着地，嫩绿的小叶子匍匐在地上，一天一个样，几天不见，就有人来掐回去摆上餐桌。

苜蓿是春天的"野菜之王"，它更喜欢长在荒野之地，天生就具备浪漫主义的灵魂。春天，我常去一片荒地，那里寸草不生。后来某单位在此新建办公楼，楼房刚开始建设的那个春天，那片空地上就长满了苜蓿。那个新建办公楼是友人的单位，她是主要负责人。曾在文字里指点江山的女子，常戴着安全帽穿梭于工地。一天，我去看她，找了半天没找到，原来她正蹲在地上悠闲地掐苜蓿，她一手拿着一沓施工图，一手掐着苜蓿。她见我疑惑地看着她，开心地告诉我，看到这一大片苜蓿，忍不住回去换了一身漂亮的裙子，来和苜蓿一起过春天。我很疑惑，之前怎么没发现这块荒地上长了这么多苜蓿，她说："苜蓿虽然是野草，也喜欢跟着人走，但是也不会常在一个地方停留，今年在这里长了，明年肯定就换到另一个地方了。今年新楼开始建设，这里有了人气，所以苜蓿都来了。"当然，这是人类赋予植物生长的一个狭隘的说法，其实也是小城人开荒建城的一个美好的向往。苜蓿是因为工地开工了有水了，遗落荒野的种子都开始生根发芽了。记得那天，我俩顶着太阳掐了两大袋的苜蓿，我拿回来的一些凉拌着吃，她拿回去包了一顿苜蓿鸡蛋饺子。在小城的春天，不吃一顿凉拌的苜蓿或一顿苜蓿饺子，就觉得这个春天没过去。

四月的小城，到处飘荡着苜蓿的香气。等到鲜嫩的苜蓿尖被人们一茬一茬掐去，苜蓿就长成年了，开始开花结果，来年继续丰饶大地。当我写下这些文字的时候，园子里的苜蓿已经开花了，紫色的花朵随风摇曳，因为很少有人来园子里掐苜蓿，苜蓿长得很丰茂，仿佛在给这个春天做小结，告诉我这是一个雨水和阳光都充沛的春天。

看到苦豆草、骆驼刺和灰灰菜，我回忆起快乐的童年时光。

因为小时候常在葡萄地里看见它们，自然多了一分亲切感。见到它们，仿佛见到了童年的"发小"，这些长在荒野的植物也来到了园子。

小时候和小伙伴们在荒野戈壁玩游戏，通常会用苦豆草来编草环，戴在头上，男生的草环不带花，女生的草环带花。我们学着电影里的八路军，用草环来隐蔽自己，等到敌方一出现，一群顶着苦豆草草环的"战士们"蜂拥而上，敌方被我们驱散了。胜利者取下头顶的草环大声地喊着"我们胜利啦！我们胜利啦！"有的男生把草环扔向空中，然后再接住。在园子里再见到苦豆草时，那段快乐的童年时光瞬间就回到了眼前。

骆驼刺是园子里最内敛的植物。它自身的尖锐让许多人躲着它走，在园子里，它的确没有多大的用处，没有骆驼把它当食物，也没有风沙需要它来防护。骆驼刺花还是很美的，六月份大红、玫红的如月牙般的花朵挂在骆驼刺植株的顶端，有人专门采摘骆驼刺花，晾干泡茶喝。

见到灰灰菜，我有种惧怕感，这源于小时候的一次经历。二十世纪八十年代初，人们的生活水平不高。小伙伴家孩子比较多，她妈妈为了改善生活，就拔了几棵灰灰菜回来，把叶子和梗分开，叶子熬稀饭，梗当菜炒着吃。我目睹了平日里一起玩耍的小伙伴，眼睛肿成了一条缝，面部呈青色。一家人野菜中毒，被送到了医院进行抢救。在园子里再看到灰灰菜混合在苦豆草和骆驼刺中间，嘴里仿佛泛起了涩涩的苦味。而我只见过小伙伴那张浮肿的脸，并没有真正尝过灰灰菜的味道，那大概是岁月的味道。

我还没完全识别园子里杂草们在春天里的各个瞬间，就忽而至夏了。尽管在这个仅有几十亩的园子里，我没赶上风的脚步，没能与春风之下的每一个新生命会晤。但是我是有收获的，我留不住的岁月，在这个春天里接近泥土，接近真实，让我回归到人之初的温暖和自然。

初夏遇见

　　如果用文字来记录小城鄯善的夏天，那么它是一篇文辞优美、情感真挚、节奏舒缓、韵味悠长的散文。而小城的初夏就是这篇散文优美的开头。城南的库木塔格沙漠像一个名词，不动声色地为一年四季命名。山脚下的坎儿井水四季长流，以它水流的节奏来配合寒暑更替。冬天，坎儿井水在薄薄的冰层下，骄傲又神秘地流淌，淌着淌着就到了春天。薄薄的冰层逐渐被渠两旁的嫩绿的小草代替，接着古老的柳树慢慢地从时光深处醒来，几棵白杨树飘起了杨絮，库木塔格沙漠的夏天到了，小城的夏天也到了。

　　柳中路上，两旁的大叶白蜡、圆冠榆随风舒展腰身，柔和地晃动着，一棵新芽探出头来，刚好进入了我的视线，让人欣喜万分。已荒凉一冬的树木终于迎来了它的初夏，它们又一次解开生命的密码，体味枯竭到丰盈的浅吟低唱，这就是夏日生长的最初滋味吧。身着嫩绿裙装的新芽一个接着一个昂首挺胸占满枝头，它们要参加一场竞技比赛，树枝是赛场，几只麻雀是裁判，一阵不明方向的风是啦啦队。一阵风吹过，树枝摇晃起来，麻雀果断地宣告"比赛开始"。"参赛者"仿佛听到了号令，沿着各自的赛道竭尽全力地向终点奔去。它们齐声吟诵"青青子衿，悠悠我心"，准备把春天所有的温柔、所有的绿，都奉献给刚刚开始的夏天，我每天走在这条路上，有看见花开的欣喜，也有看见花落的悲凉。我走路的时候光阴在脚下流逝，我触摸到时间的筋骨，每一分每一秒同我遇见的花草树木一起与那根细细的秒针赛跑。

小城的初夏，常常被几缕淡淡的清香萦绕，寻花香而去，那是万州大酒店门口的几棵丁香树散发的花香，紫色、白色的花朵密集于枝头，四个小花瓣挤挤挨挨地露出糯糯的小脸庞，散发出香气。随着阵阵风走远，到了丁香花盛开的季节，沙漠边缘的小城中，许多人都在寻找那个"丁香一样的姑娘"，其实就是在寻找自己的青春。绿化带里的萱草、鸢尾花也突出重围，一片叶子牵着另一片叶子，像一对孪生姊妹携手走向时光的深处。

小城的初夏，在树影的庇护下，从来不会觉得孤单。楼兰老街是一处徽派建筑风格的街道。青石板的路，小青瓦的墙，飞檐翘角的马头墙，显得富丽堂皇。夕阳西下时，你误入了楼兰老街，以为自己就是那个江南才子，一袭青衫，手持折扇，左顾右盼，抑或因用"推"还是"敲"字而摇头叹息，期待能在此偶遇一位佳人，携手走过一个蒙蒙烟雨的初夏。你正陶醉在旷世久远的畅想里，迎面而来几位身材高挑圆润的女子，她们身着各色旗袍，迈着婀娜多姿的芳步，一颦一笑风情万种。随意挽起的发髻，温婉地衬托着她们修长的身材。她们是几位文工团的姑娘，正在老街的旗袍店拍广告。她们并没有像以往那样和你打招呼，而是拿起手里的团扇，半遮着脸庞，微微下蹲身子，一举一动像刚出阁的大家闺秀，你慌忙地以同样的礼节回了礼，继而一阵爽朗的笑声在身后消散，就像在这老街里滞留的时光，哪些是江南水乡的，哪些是大漠长河的，并没有分得那么清楚。时光都去哪儿了？只有你和老街知道。

你这么长久地沉睡到底是为了什么？那些被沙尘掩盖、被风摇晃的嫩芽，仿佛对刚刚过去的春天发问。苗园路上的青杨因为春天的迟到，它的夏天仿佛一闪而过，如圆扇形的树叶，在阳光下闪闪发亮，它们即将开始新一年的生长，它们要让每一片树叶富足，让每一棵树丰茂，等待秋风来检阅。夏天是万物在大地上写的诗、留的爱，是世间值得歌颂和赞扬的一切。

每当我走进苗园路上的"我的田园"，总会想起鲁迅先生笔下的百草园的夏天。"不必说碧绿的菜畦，光滑的石井栏，高大的皂荚树，紫红的桑葚；也不必说鸣蝉在树叶里长吟，肥胖的黄蜂伏在菜花上，轻捷的叫天子（云雀）忽然从草间直窜向云霄里去了……"

"我的田园"的夏天比鲁迅先生的百草园少了些许的童趣，但也不缺乏灵气。

一进大门，映入眼帘的是五棵松树和两棵小叶白蜡，高大的松树在沙漠边缘小城极为少见，苍老的枝干上，每一个松针都努力地生长着，泛白的松针叶间夹着没掉落的松果，仿佛执意要为过去的时间做证。这五棵松树的树龄有四十余年了，它们见证了四十余个夏天，两棵树龄尚轻的小叶白蜡插在松树中间奋力地生长着。一天，一位花甲老人来到松树下，他用手理了理斑白的发髻，黝黑的脸上绽放出欣喜的笑容，他激动地对着五棵松树说：

"你们都还在啊!"我听到有人说话,就从旁边的树林里出来迎接,老人见有人在,瞬间羞赧起来,连忙向我讲起五棵松树的故事。

当年,这五棵松树是他和同事从敦煌捡回来的树苗栽种的。老人离开小城近二十年了,在遥远的他乡生活,他并没有忘记这五棵松树,一直挂念着它们。他听说原来的单位被改建成其他单位了,以为这五棵松树早就不在了!"我一直犹豫要不要来看看这五棵松树,今天终于忍不住来了。"他极力掩藏自己的情绪,双手不停地来回搓着,自言自语地说道。古稀之年的他仿佛又一次被幸运眷顾,回到了少年时光。接着,他如数家珍地讲述起这五棵松树的过往。那一年的初夏,他所在单位县农技推广中心研发的葡萄嫁接、新品种培育等技术荣获自治区农业技术推广三等奖,单位为了奖励他们三位农技师,专门公派他们到疆外休假旅游。他们第一次出远门,在语言不通和饮食不习惯的情况下,到柳园站下了车,然后坐上一辆中巴车晃晃悠悠来到了敦煌。到了敦煌以后,他们见到了和小城一样荒芜的敦煌,唯一不同的是这个陌生小城的路上,人们都忙着栽树,县中心的盘旋路上正在栽种几棵树形像伞状、叶子细如针的树。有着专业敏锐性的年轻人主动上前询问栽树的人栽的是什么树。那人回答道:"松树,这树喜欢水,在西部干旱地区不知道能不能栽活,我们也只是试试。"远道而来的三位农技师确信一定能栽活,并要了五棵松树苗,连夜坐火车往回赶。三个人扛着五棵松树苗,列车员不让上车,他们说可以多买一个人的火车票,并向列车员解释道:"我们是农技师,专门研究花草树木的,因本地没有松树,所以想带回去试着栽种。"列车员最终被他们朴实的理由打动了，让他们三个人和五棵松树苗占了四个座位。老人说到这里，满脸的皱纹舒展开来，瞬间回到那个青春无畏的年代。老人久久凝望着刚冒出新松针的松树，低声说道："松树喜欢水，这片是沙土地，渗水厉害。不过松树只要根扎稳了，它就能成活。水足了，就长得快一些，枝干长得粗一些，叶子长得密一些；水少了，它的枝叶就长得少一些。"听老人这么一说，我转身看了看，为了搭配这五棵松树，后面栽种的两排松树也有近十年的树龄了，他们的树形差别真的很大。水丰沛的地方，松树长得粗壮结实；水供应不足的地方，松树的树干纤细、树叶稀疏。每一棵松树都凭借自己的能力努力地活着。"人的生命跟一棵树的生命其实是对等的，只有这样才能全盘接纳自然万物，只有这样才能以一种更客观的姿态和更坦然的心态来面对自我的渺小。"这是科林·塔奇在《树的秘密生活》中告诉我们的生活哲理。当我转身与老人四目相对时，我们之间的距离被瞬间拉近了。因为对一棵树的理解和怀念，我们回到了同一个时空。

两排松树经过十多年的岁月洗礼，成为园子里的当家门面，高大的松树直抵云端，几对乌鸦在树梢荡来荡去，一群麻雀叽叽喳喳从一棵树追到另一棵树。在酷热的夏天，有高大的松树遮阴避阳，心自然地安静下来。

园子里的果树当仁不让地在各自的领地展示自己。杏树最实在，一个个青杏不声不响地静观其变，等到园子里有一枚杏子变黄了，一夜间，整个园子里的杏子都熟了。满树黄澄澄的杏子缀满枝头，桃杏、毛杏、李广杏、小白杏，无暇用眼睛来分辨，禁不住送进嘴里，酸酸甜甜的味道满口留香，夏天的味道便从一颗杏子开始。李子比起杏子来说，低调内敛多了，李子总是贴着树干生长，它的果实从来不会像杏子那样三三两两挤着长在一起，它总是一个挨着一个有序地排列着，一直长到树梢，直到树枝被果实压弯，挤挤挨挨的半红半绿的果实，让阳光成了一个调色师，在园子里走来走去。

当我发现亭子旁边有两棵蜀葵时，它已经花开半夏了。一棵是粉色的，一棵是白色的。两棵蜀葵一夜之间花就开满了枝头。在树多人少的园子里，这两棵蜀葵格外地显眼，层层叠叠的花从绿茵茵的草地上拔地而起，它们一朵接着一朵开花，一朵接着一朵凋零，种子一包一包地长成。在盛夏的园子里，见证一朵蜀葵花的花开花落，并不会有"一朝春尽红颜老，花落人亡两不知"的伤感。蜀葵生生不息地花开花落，遗落的种子随遇而安，在任何地方落脚都会生根发芽，继续生长，生长是夏天的使命。当俯下身子与一株花对话时，不禁要去探究它的过往，随手查起了蜀葵的来龙去脉。蜀葵原产于中国，因在四川发现最早，故名曰蜀葵。因其可达丈许，花多为红色，故而又得名"一丈红"。晋代傅玄《蜀葵赋》："蜀葵，其苗如瓜瓠，尝种之，一名引苗而生华，经二年春乃发。"清康熙年间，浙江人陈淏子在西湖边著成《花镜》一书，这部著作介绍了蜀葵："蜀葵，阳草也……来自西蜀，今皆有之。"自带芳华的蜀葵，点缀着小城的大街小巷，从巴山楚水到戈壁荒野，它是跟着哪一个驼队而来？如当年的父辈们用仅有的想象向着无尽的荒野行进，向西再向西，如今把根深深地扎进酷热的火焰山脚下，用生命的轮回一茬一茬地诉说着南方和北方的故事。

　　高坡上的骆驼刺是园子里一道独特的风景线。高坡是园子里为数不多的空地，常年干旱的高坡并未让自己闲置起来，它成为骆驼刺的乐园。在吐鲁番大地，每一种植物都有自己的使命，曾在交河故城见到一株野西瓜，在近五十摄氏度的高温下，白色的野西瓜花盛放，如指头大小的野西瓜零星地散落在瓜秧中间，来游玩的客人似乎忘记了烈日的暴晒，蹲下身子专心致志地拍摄起野西瓜来。刚入夏时，骆驼刺冒出一根根柔嫩的小苗，均匀地分布在高坡上，它对身旁的杏树、桑树、桃树、梨树们的展示无动于衷。在为数不多的几场雨水的滋养下，它从根部发出更多的嫩芽，最终成为一丛丛、一片片茂密的骆驼刺丛。当小而精巧的红色花朵挂满每个针刺上，一年的光景到了盛夏。骆驼刺花期不长，最多一周，当花朵凋零，骆驼刺的果实就结结实实地挂满了枝头。骆驼刺的果实名为刺蜜，一度成为西域给中原王朝进贡的贡品，那已是几百年前的事情了。而今不再有人专门收集骆驼刺刺蜜，那些凝结着大地和阳光的甜蜜终归还给了大地。

　　园子里树木葱茏，水草丰茂，曲径通幽，假山假石随处可见，这些树木、草、石经过了一代又一代人的观赏和抚摸，时间久了，每一棵树、每一株草、每一块石头都成了另一个自己。友人的《草木有言》诗集出版，专门选在园子里与诗友分享。小城里不多的几位诗歌爱好者倚亭而坐，我们每个人手里捧着诗集，在诗集里寻找与自己灵魂契合的诗句，有人寻找花草的诗意，有人寻找花草的命运。在初夏清亮的阳光之下，我在一首诗里停留了下来。

此刻,同行的人

走在远远的前面

我要停留一会儿,在你的身影里

用你的真实、谦逊

清洗、疗愈我锈迹斑斑的眼神

跟随着诗人的指引

用一个个朴实的词句擦拭锈迹斑斑的心灵

倚着一片叶坐下

学着山坡上绿色的草浪

理了理凌乱的头发

喀的一声

一朵不知名的小花落在手心

惊起一句诗行

——《在我的田园,与我相遇》

    那个初学写诗的姑娘用初夏万物生长的节奏和方向，忠实地记录了岁月的刻度。

洋海湾的风

凯风自南，吹彼棘心。

从城里买菜回来的艾尼瓦尔说今晚有大风，在这里干活的人最好留下，如果与那场风相遇，不知道会有什么后果。我们随即决定不回县城，在这里安营扎寨。

我们的所在地是洋海湾安居富民房，还没完全交房，各单位在这里有劳动任务就临时借用。在大棚干完活的人简单地洗漱后，都回到自己的房间休息了。

天色慢慢暗下来，天空、大地被统一着色，一幅荒原黄昏的油画铺展而来。远处的葡萄地，是这张画作色彩最重的部分，安静里蕴藏着一场躁动。

今晚不用忙着做饭、洗碗、检查作业，剔除这些熟悉的生活内容，在这里驻扎的女人们仿佛回到了少女时代。她们有的坐在黑暗里听歌，有的对着窗户安静地发呆，这是灵魂片刻地回归，她们是自己的女孩，也是洋海湾一株正在夜晚生长的葡萄藤，柔软而温婉。

荒原是属于男性的，收纳男人们的骄傲和锐气。在这样伸手不见五指的夜晚，只要有一个低沉的声音传出，所有的恐惧都会被瓦解。

在荒原朦胧的月晕之下，男人们说着段子，唱着"你究竟有几个好妹妹，为何每个妹妹都那么憔悴"，然后肆无忌惮地笑着。世界还原到了最初，只有男人和女人，只有荒原和黑夜。

这些男人和女人是因为一场即将到来的风而留了下来。

那该是一场怎样的风呢？是一场伪装得最彻底最成功的风。

没来这里之前，就常常听这里的人们说起洋海湾的风，那可不是一般的风，只要风来了，就会让你有地动山摇的体会。最初听起来还真让人不以为意，风嘛，是荒原的常客，洋海湾的风百闻一定要一见。

它在看似平静里轰然而至。

时至半夜，一场狂风如期而至，从窗户席卷而来的风，和着窗户玻璃哐当的撞击声，把我从睡梦中吵醒。风呼呼地嘶吼着，如千军万马横扫荒原，我仿佛看见白日里那些废纸箱、塑料袋、饮料瓶……它们跟随着风的节奏奔忙；没关好的窗子跟着大风的节奏，一起哐当哐当地响着，它们像是与这个夜晚唱反调，把所有的声响都集中起来。

风越刮越大，如泣如诉的风声弥漫了整个洋海湾，连地上小石子儿滚动发出的哗啦哗啦声都能听到。一刹那，世界被风控制了。那些长在地里的庄稼和长在地上的房屋，紧紧地扒住大地，任凭风的袭击和摇动，它们严防死守地坚持着，彰显着它们绝对顽强的意志。

由于我的床临近窗户，风里夹杂着沙砾打到玻璃上发出的噼里啪啦声音，仿佛有人要越窗而入，恐惧感油然而生。接着一股夹杂着土味的风从窗户鱼贯而入，房间里弥漫着呛人的土味，风占领了高地。我连忙下床，刚把窗户关好，又被风吹开。我再无睡意，起身，隔着窗户细细地体味这场传说中的风。风在高处行走，但不会漏掉地面上任何一个生物。那些紧贴地面而生的野西瓜、骆驼刺，它们这个时候也和我一样吗？或比我更为淡定地接受这场风的洗礼。窗外的夜，只剩下了风一阵接着一阵呼啸而来，又有一阵风卷起了石子儿噼里啪啦地打在墙上、玻璃上。窗外的世界越来越混乱。一阵劲风经过，像一把超大的扫把用力地从屋顶一轮又一轮地扫过，夹杂着各种各样的声音。风声转移到了屋顶，它好像要向屋里的人示威，它才是这个夜晚的王者、大地上的征服者。紧接着又是一阵风从窗口穿过。这多像童年的某个夜晚，在毫无预兆的时刻，一场大风突然而至，黑夜中，我紧紧地抱住妈妈或者奶奶的脖子，使劲地往她们怀里钻，多温暖呀。那些呼啸而过的风，那一刻变成了一首催眠曲，一个小小的生命依靠着那份宽厚的温暖和爱远行，这场风应该是每年都刮，时至今夜是一场风的回归吗？多希望我小小的女儿此刻也依偎在我的怀里，她也会紧紧地抱着我的脖子，使劲地往我的怀里钻，而我会轻轻抚摸着她柔软的小脸，温暖地将她揽入怀里，多年以后告诉她，荒原听风的温馨。风越来越小了，窗外趋于安静了，世界慢了下来。我依然无睡意。不远处的葡萄地、棉花地，还有新修的温室大棚，它们正面临着收获，同时也在经历这场风的考验。生长、消失、再生长，生命是个繁复的过程。之于这场风，来了又走了，走了又来了，这些棉花和葡萄也在一程又一程风的洗礼中度过它们短暂而又精彩的一生。

邻床的阿瓦古丽也被风惊醒，她起来去收晾晒在阳台上的衣服，但衣服早已被风带走了。她怅然回屋，打算明早去找衣服。那夜风里丢失的衣服最终没找到，丢失的是什么样的衣服，阿瓦古丽只是笑而不答，该是女孩最隐秘的衣服吧。她虽然没找到自己的衣服，却找到了好多被风刮走的物品，锅盖、板凳、洗手壶、舀子、电视接收器……她兴奋地给我描述她看到的"奇观"。这些物品都是夜里那场风的杰作。人们奔忙着去认领各自的物品，感叹着这场风威力真不小。

在那些物品各复原位时，美好的一天又开始了。

暮秋的阳光温暖地洒在洋海湾的每个角落，黄土、沙砾、棉花地、葡萄地和一座座整齐划一的温室大棚组成的大地祥和宁静，根本就感觉不到那场风曾那样狂暴地来过这里。

这多像我手里攥着的日子，无论经历怎样的狂风暴雨，只要那张日历轻轻翻过，伸手即可触摸到的时间在指尖滑过，所留下的痕迹便会成为我絮絮叨叨的日常生活中必须记住或要叙述的事件，在得到与失去之间互相寻找、赠予和记述。

第二辑 隐秘的河流

梦里芳华

一

我是谁？我和世界、我和我有什么关系？这些疑问是从一个又一个黑夜开始的。黑夜除了星空、月影和大地，还有我一个接着一个零碎微小的梦境。

这是一个冗长的夜晚。在荒原的一片空地上，我与朋友们在月光下玩打沙包游戏。

芳是我对家，我是丢沙包的那一方。小小的沙包不停地从我手里飞出去，带着把她打下去的迫切愿望，我使出全身的力气，沙包在空中打旋、飞舞，最终还是被她接住，然后赢得了一阵欢呼。在游戏中接住沙包最多的就是"英雄"，下一场开局将有绝对的优势被青睐。能跟"英雄"成为一家，这是儿时玩游戏最大的渴望。

我站在一群人的外围等着分配，刚才接沙包最多的"英雄"开始挑选人，一边四个人。"你怎么不积极挑选玩家？"平时一起玩的姐妹对我小声说，"跟着厉害的玩家容易获胜！"我本能地上前了一步，心存被选中的愿望。这时候，那个主持大局者指着我说："来，你和我们一家。"我迟缓地靠近，内心充满了喜悦，扭扭捏捏地加入新一局的游戏中。在新一局游戏中，我挤在玩家的中间东躲西藏。我不敢伸手接沙包，怕没接住，浪费队友"命的机会"（玩沙包游戏时，接到一个沙包就能为队伍挣来"一条命"，反之就会消耗"一条命"）。我怕队友的责怪，也怕自责。我在场子中间巧妙地躲过了所有呼啸而过的沙包，当有队友接到沙包时，我也沉浸在胜利的喜悦中。这时，有个女孩在杂乱的人群中叫了一声："小荔，接沙包！"她抡起胳膊对准我，小小的沙包在她的指令下向我奔来，我身子往下一蹲，双手一抱，沙包被我紧紧接住，人群中一阵欢呼"我们又多了一条命"。我受宠若惊又无比兴奋，更加卖力地跟随着飞来飞去的沙包奔跑着，我跟着沙包一起飞翔在这空旷的黄昏之中。经过我仔细辨认，那个女孩原来是第一轮游戏的获胜者芳。她"救活"了一个又一个被我打下来的"牺牲者"，是我最惧怕的对手，而此刻却成了我的"盟友"。芳后来成为我童年最好的伙伴。芳的三个哥哥和一个弟弟对她呵护有加，她率性，敢说敢做，如一只自由的鸟儿快乐地在我身旁飞翔。而我作为家中的长女，要承载着父母的希望，要好好学习，还要照顾好弟弟妹妹的生活。芳的一切是我少年时代的向往。

　　傍晚，村庄在暮霭里卸下一天的疲惫，光线一寸一寸地暗下来，房屋跟随着光线越来越矮小，最后消失在夜色中，这并不影响我随时可以摸黑回到屋子里，拿起杯子喝水解渴，顺手摸出前几天偷藏的一块水果糖塞进嘴里。我有时觉得那几间黑屋子比母亲更为慈祥，它不会催促我回家吃饭、写作业，不会因我把新衣服弄脏了而责罚我，它敞开胸怀接纳我的一切。我的父母在葡萄地里用尽最后一缕光亮之后，才能想起放学归来的我。而此刻，我在某片空地上享受着一天最快乐的时光。太阳隐藏在了山里，世界变得柔和起来。"天黑了，回家吃饭啦！"从不同的巷子口传来了相同的声音。这时候，不管游戏结束没结束，大家都会一哄而散，循着那个声音而去。

打沙包的游戏在梦里继续，所有的事件都在黑暗中进行，但又是有光亮的，我选择性地看清一些人的面容，听到想听到的声音。我抱着那个小小沙包的瞬间，仿佛抱住了整个世界。

一个微小的声响将我惊醒。我醒来时，房间一片漆黑，我和凌空于地面的楼房一起躺在巨大的黑暗里，耳边又响起了母亲"天黑了，就要回家"的叮嘱，我没梦到母亲啊，这又是一个恒久的梦。我和我的屋子飘回到村庄的黄昏里。

弗洛伊德指出，任何梦都可分为显相和隐相：显相是梦的表面现象，是指那些人们能记忆并描述出来的内容，即类似于假面具；隐相是指梦的本质内容，即真实意思，类似于假面具所掩盖的真实欲望。梦是被生活隐藏着的真相，它也有童年、少年、青年和成年。一夜之间，我完成了少年到成年的无缝对接，以成年人的身份和思维去经历少年时期的事情，这是只有自己能完成的事情。

二

　　这三个人，人影模糊，笑容清晰，他们正在进行着一场辩论，那神情和我有关，又像和我无关。他们一个说着，一个听着，另外一个不时地补充着。他们会偶尔朝我这里看看，与我的眼神相遇，瞬间又闪开，像在躲避什么。我努力地观察他们的口型，想弄清他们说的话是否和我有关，但我始终无法靠近他们。我在梦里陷入了白日里才有的焦灼，不停地回忆着与这三个人交往的所有细节。这三个人，一个是我的领导，两个是我的同事，这个狭小的空间里只有四个人，我是受审者、接受者，他们是决定者、宣布者。在这个梦里，我平静地等待着宣判，不再有一丝焦虑和担忧，我所期待的是一个结果，而不是事件的起因、过程。我对面的三个人，一并转过身来对我友善地笑着，我选择了忽略笑容和含义，去猜测刚才那场避开我的谈论。我终于接近了他们其中的一个人，并说服他告诉我刚才讨论的问题及结果。终于弄清楚了，我做好准备去接受结果，梦就醒了。醒来后又弄不清楚梦里他们讨论的话题是否与我有关。我只好作罢，等着黑夜下一次的来临，继续下一场梦。梦就像赫拉克利特的河流，人不可能两次同时踏进同一条河流，人亦不可能同时进入两个同样的梦境。那晚的梦时常被我想起来，并按照情节与白日里的经历去对照着，亦有诸多的想象。

　　"醒，是梦中往外跳伞。"诗人说。

　　我能清晰地看到一个背影。在一个僻静的古镇，世界的底色是旧的，时光是旧的，岁月是旧的，人也是旧的。那个小巷很深很窄，只够两个人走。我快追上那个影子的时候，把脚步放慢、放轻。等我调试好心情继续追赶，终于追上了。我们俩挤在狭小的空间里，一起往前走。还没来得及打个招呼，看下对方的面容，梦就醒了。醒的时候，我遗憾地闭上眼睛，还想把梦再接上，哪怕看不清面容，只听听声音也可以。梦是无法回去了，我只有在梦外继续地想象着。以前，我认为这只是梦，如今觉得不是。你看清楚的，就是你走过的路；你没看清楚的还继续想看的，是还未走过的路。在未走过的人生中，我们时刻在平衡生活中的得与失。

为了追上那两个背影，我奔忙了一晚上，最终还是没有追上。其中一个背影是我要好的同学，因为某种原因，我曾倾力地帮助过她。她们从我身边经过时，对我视而不见。在梦里，她们俩一直走在我的前面，我偶尔能听到嘻嘻的窃笑声。从她们背影的动作来判断，她们在讨论一个观点一致的问题，并且有诸多相同的感受。偶尔还亲密地碰碰肩膀，不时地转身看看身后，依然忽略我的存在。我有一种强烈的愿望，想求证或者探究她们讨论的主题，那么我就必须追上她们。如果追上她们，我又该怎么问呢？问她们为什么不理我或者认不认识我？会有答案吗？我能问得出口吗？面对熟悉的面孔和陌生的眼神应该很难开口。在我自己分析和判断过程中，所有想要去追问的勇气消失殆尽，只能眼睁睁地看着她俩的背影在我的视线里走远，在我的梦里消失。我在怅然若失中醒来了，责问自己为什么在梦里也不能超脱一些，只在乎与自己有关的事情。那两个背影和现在的自己又有什么关系呢？

在梦里，我仿佛是个导演，剧情、角色、情节、结局都被我自己掌控，但依然无法真正塑造出一个圆满的自己。

秘密是被隐藏的花朵
开在许多个暗处
而我奔波在一朵花的暗影里
找不出边界

那晚，我用诗句记录了奔忙的自己。

三

这两位友人是我平凡生活里舍不得弄丢的人，或者说不愿丢掉与那两个人共同度过的时光。一个人的面容很清晰，一个人的面容很模糊。面容清晰的那个人嫌弃我的聒噪，我立即停止说话和辩论，屏蔽了所有的声响。那个人时常进入到我的文字，进入文字的她大多是无声的。在梦里，我们回到了少年时，在一条小巷里行走，褪色的雕花门，锈迹斑斑的门铃，古老的桑树、杏树从门楣上探出头来与我们打招呼，斑驳的树影投于我们年轻的背影上，如明镜般的天空蓝得纯粹。我和她一前一后地走着，偶尔仰头看天空，偶尔转身互相回望，那不远不近的距离，让梦境中的旅途不觉得孤单。我把它视为真实的经历，但那的确是在梦里，因为我们没有一起共同度过少年时光。面容模糊的那个人，

　　我不记得什么时候遇到过他，或者他给过我什么帮助。我只记得，我曾哭着给他打电话，说着我的委屈。他在电话那头附和着我的义愤填膺，并静静地陪着我。到底是因为什么事情让我那么悲伤和难过，我已经记不起来了，只记得那个漆黑的夜晚和一些温暖的抚慰。于是我把梦搬进了文字里，把文字里的静止变成了移动。我把他定为我梦中的主人，希望他一直在，但始终没能看清楚他的面容。他有时候是童年的伙伴，有时候是青年时暗恋的对象，有时候是成年后清晨阳光下的某个背影……梦与现实有关系吗？不用分清楚，记忆就是证实世界存在的某一种形式，无论是醒着的还是沉睡的。梦里也是一种人生。想明白的时候，突然觉得自己在睡着的世界中，也同样浪费了许多精彩的瞬间。

　　在一个古城中，我穿过一条繁华热闹的街道，街道上的人有陌生的，有熟悉的。陌生的人笑脸相迎，而熟悉的人各自装着心事。我住在临街的小二楼上，离开房间的时候，清楚地记得从二楼下来的楼梯的具体方位，当我和一位身影模糊的友人逛了一圈热闹的夜市回来后，却再也找不到那个楼梯的入口，我的手机也不知去向。所有的人都在忙碌着，没有人在意我在找什么，能不能回到家。我也不着急，就在那土墙边转悠，喧闹的世界一切依旧。古城的街道两侧是黄黏土夯成的城墙，简陋、随意，每一面墙上都刻着古老的文字，我却没有陌生感。偶尔也会遇到几个熟悉的影子，但眼神间又觉得很陌生。那是H，心里默念她的名字，她永远是男生眼中的林妹妹，而此刻，她照旧和一位男士相依穿行于古旧的街道。那是Z，拿过我的作业本至今未还，还是一副什么事情未发生的样子。那是L，我们第一次遇见是在霞光满天的春天清晨。"你好啊，W老师，你怎么在这里？"我兴奋里夹着惊喜，和一位久未谋面的文友打招呼，破坏了他们正在探讨问题的严肃气氛。他抬头、转身，温和地问道："您是哪位？"我这才意识到自己的失礼和莽撞，稍有歉意地指了指不远处的办公室，告诉他我是刚来的某某。春光穿过玻璃洒在古铜色的桌子上，几只麻雀在窗外叽叽喳喳地叫着，目光与目光的对接在一道霞光里闪现，暖意相融，像极了青春年少时的某种设想，我把它和那个春日的清晨定格为某篇散文的开篇，时常翻开来阅读和回味。这些人此刻都会聚到我的视线之内。我继续寻找那个楼梯口，这时候，来了一位瘦弱的男子，我认识又像不认识他。他面无表情地把一把旧椅子移开，那个楼梯口即刻出现了，在我如释重负地准备进入房间的时候，梦就醒了。

因为工作关系，我到了一个陌生的城市。刚来的时候，我几乎每天都会走错巷口，找错楼栋，上错楼层。我每天用不同的错误来熟悉这座陌生的小城，同时用心地表达着与这里的亲近，我亲近一条路、一间屋子、一张床。我从所有的亲近感中寻找一分安全感，是从一把房门的锁子开始的。然而，我第一天住到租住的房间里，就把自己锁在了屋子里。我用日记的形式记下了那天的经历。

经过两天的擦洗、修补、替换，把曾经是别人的房间，按照我的意愿一件一件地规整。因为第一天入住一个陌生的屋子，我尽量把空间缩小再缩小。我心满意足地把每道门的锁子都锁上，听到铁与铁碰撞发出咔嗒咔嗒的声音，心里感到无比安然。我把防盗门、客厅门、卧室门分别锁好（卧室套在客厅里），想起门廊的灯没关，再想出去时，用力拧了一下卧室门锁，它发出咔嗒一声清脆的响声，我再用力拉门，门纹丝不动，被锁上了。我不死心，用尽全力去拧那把锁子，我的手在与铁的较量中被割破，从指尖流出的血黏在那把锁子上，它仍无动于衷，安静如初。时间静止了，那把锁子不再是锁子，它还原成了一块铁。我像做梦一般来面对这个现实，锁子与门的关系就此瓦解，它们成为一体，成了我的对立面。

我开始自救，用仅有的几件小工具，钥匙、修眉刀，把锁子能拆卸的零件拆散，而锁芯依然牢固地坚守它的职责，死死地插在与门连接的关键部位。在仅有的工具之下，无法拆散它们，我急得眼泪都流出来了，而现状没有丝毫的改变。我无助地望着这块面积不大的铁，它以锁子的身份宣告它的职责，如庞然大物，在我无助的世界里岿然不动。

最后，我只能接受被锁在屋子里的事实，第二天寻求专业开锁公司来开锁。开锁的师傅用上了他所有的开锁工具，才把房门的旧锁打开。他说："这是一把最早的防盗锁，应该有二十年了吧。"我说："差不多，这是个老小区。"他说："越老旧的锁子越坚固。"师傅一丝不苟地开锁时，我在向一把锁忏悔我对这个世界的怀疑，对陌生环境的不信任，不然怎么会被自己锁在屋子里呢？这个开锁的师傅，就是我梦里帮我移开椅子的那个陌生人吗？

是，又不是。

四

母亲又一次被父亲气得出了家门，她需要向我倾诉，并想从我这里找到平衡。四十多年了，她从没停止过对父亲的控诉，这是她除了辛苦劳作之外唯一的"事业"。她对父亲说："你本身就是个农民，天天舞文弄墨，写字画画能当饭吃吗？"母亲对父亲的指责从头至尾也没改变过，改变的只是她日趋衰老的身体和越来越幼稚的处事方式。那晚，在我梦里的母亲突然变了，她变回了年轻时期的身体，却有着老年时期的思维，她控诉父亲的时候，逐渐佝偻的背影一下子舒展了许多，生活原来是这般美好！她年轻的时候，有足够的力量来平衡自己的世界，所有的怨气和指责都融入对我们姊妹生活、学习和工作的关注中，没有更多的时间关注自己的世界。当我们姊妹长大成人，各自有了自己的生活，不再需要她的时候，她才慢慢地回归自己的人生，发现自己的一生积攒了那么多委屈。除了耗尽她一生时光的葡萄地，只剩下与她吵吵闹闹过了一辈子的父亲。父亲成了给她带来委屈的源头，那是一个深渊，没有起始，也没有尽头。梦里的母亲正在指责父亲为什么无故批评我家最小的妹妹，而妹妹是陪伴父母最多的人。看着父母如孩童般拌嘴，争胜负，仿佛让我重新经历了一遍人生。

做梦者说，我们不能完全窥探我们的梦，那是一种与我们同行的生活。再怎么努力地去做梦，都不能完整地记住它的全部，它只是生活的补充或者隐喻。我们能弄明白的是：白天的事情大多会选择遗忘，而在梦里的事情却努力地想记起。

她　们

在村庄里，我们是那么相像。

——题记

一

我的奶奶朱氏，一九一八年出生于江苏睢宁县某小镇，一九八四年卒于新疆鄯善县鲁克沁镇。

奶奶五岁丧父，十五岁当童养媳，五十岁离开家乡，来到了新疆。

奶奶的怀抱是我来到这个世界上感知的第一个温暖的港湾。

在鄯善县鲁克沁镇的医院里，我在母亲肚子里翻腾了三天三夜，母亲在疼痛里呻吟了三天三夜，奶奶在医院里等待了三天三夜。在一把剪刀的咔嚓声里，我亮出了生命里的第一声啼哭。一块简单的棉布缠住我人生第一道伤口，结痂、换药、退痂，奶奶的手把我的身体翻过来倒过去，捋直胳膊和腿，揉揉头，捏捏鼻子，揪揪耳朵，自此，奶奶的怀抱成了我的秘密花园。

从牙牙学语到蹒跚挪步，我每说出一个字，每向前走一步，都没有离开过奶奶的目光。奶奶蹒跚地跟着我，嘴里叨唠着："慢点，慢点，小丫头要慢慢走……"我从未听进去奶奶的话，一个跟头接着一个跟头地摔，摔倒了就爬起来，再摔倒，再爬起来，鼻子上的伤疤没好，脸上又添了新疤。我终于走稳了，而奶奶却走不稳了。奶奶小心翼翼地走路还会摔跤，摔了跤，再艰难地爬起来。

我最喜欢听奶奶讲牛郎织女的故事，我常想，等到七月七那天，我也变为鸟儿，为他们搭建鹊桥，让牛郎肩上挑的孩子能早点回到妈妈的怀抱。当我再往下想象时，奶奶唤了我一声："囡囡，跟我到地里打猪草喽。"于是我拽着奶奶的偏襟大褂，走向原野。一望无际的荒野里，奶奶的身影单薄而又瘦小。奶奶在棉花地里割草，我就在一棵桑树下玩耍，挖地上的蚂蚁窝，时而抬眼看看奶奶在不在。奶奶一会站起来，一会蹲下去，不一会儿奶奶就佝偻着背，背着一筐子青草向我走来。一抹夕阳把奶奶的影子拉得很长。

那时，我只要远远能看得见一个身影，就能找到回家的路。

奶奶特别喜欢孩子，村里和我差不多大的孩子几乎都是奶奶接生的，奶奶接生的本领是自学的。她一生听到最多的话可能就是"多亏了您呀，大娘"，此时奶奶总是宽厚地一笑。奶奶喜欢有文化的人，她常说："看，村头那个教书的刘先生，书本腋下一夹，多威风呀。"那个刘先生是村里的一位民办教师，是从上海来的，一身灰色的中山装，白皙的脸庞带着几分忧郁的气息，与黄土漫天的小村形成了鲜明的对比。刘先生见到我奶奶时，总是亲切地说："大娘好，您在忙啊。"奶奶无论在干什么，都要停下手里的活儿，很正式地回应道："刘先生好，刘先生好。"那个青年教师羞赧地说："叫我小刘就好。"奶奶下次见面依然是"刘先生，刘先生"地叫着，后来，刘先生也习惯了奶奶的叫法，再后来，村上的老人和小孩都跟着奶奶叫"刘先生，刘先生"。刘先生是奶奶见过最有文化的人，也是奶奶一生最敬仰的人。每每此时，奶奶就摸摸我的头说："咱家孙女以后也要当'先生'呢。"说着，眼里流露出无比的渴望和自豪。于是，我长大当老师的理想就播种在奶奶的小屋里。为此，我盼望着像村头的刘先生那样，腋下夹着书，走过村头，很多人叫我"李先生"，奶奶心满意足地看着我。后来，我真的成了"李老师"，可惜我的奶奶没能看到我夹着书从村头走过。

奶奶去世的那一年，全村所有的田地都栽上了葡萄，奶奶临终时，要求把她埋在那块刚刚插下葡萄苗的田地里。如今，藤蔓相缠的葡萄园地把村庄围了个严实，几排错落有致的葡萄晾房在绵延的绿色葡萄架下若隐若现，与湛蓝的天空相衬，生成了一幅色彩分明的水粉画。

落日西沉时，微微泛红的天际之下，我时常能看到奶奶的模样。

我并没有沿着奶奶的理想成为一位名副其实的"先生"，而是半路改行成为一名"干部"，如果奶奶知道了，她会开心吗？

二

三月里，遥想那个名字叫娈的女人。

娈出生于一九四九年十月，她经常自豪地说她和新中国同岁。

十八岁的娈是江南水乡一个小镇上的一枝花。又粗又黑的两条大辫子垂在胸前，姣好的面容，高挑的身材，浑身散发着青春的气息。娈的父亲是一位乡村教师，母亲是县城里一家裁缝店老板的女儿。她的母亲是城里人，嫁到了农村，就成为家里的当家人。娈的母亲希望她成为一个足不出户、心灵手巧的大家闺秀。贤淑的女孩一定要会针线活，可是娈拿起针就犯困，常常受到巧手母亲的责骂，娈就嚷着要去学校读书。在她九岁的时候，娈的母亲同意她去学校读书了。那一天，娈偷偷剪下了自己的两条大辫子，卖钱交了学费，被母亲知道后，挨了一顿打。娈并不后悔，因为她的两个哥哥也在读书，家里根本拿不出钱交学费，粮食也快没了，解决困难只有靠自己。进了学校的娈是个积极分子，她十分珍惜学习的机会。她知道，母亲虽然很严厉，但很支持她读书，因为母亲饱受外公重男轻女思想之苦，没进过学堂的门，而母亲的兄弟都有到北京、上海读书的经历。娈上学后，母亲又多做了几份工来补贴家用，除了做裁缝，还找了糊火柴盒、洗衣服的活儿。那个年代，能进学校读书的女孩子是幸运中的幸运。在娈的姊妹里只有她和最小的妹妹坚持把学上到不能再上为止，这也成为她这辈子最值得炫耀的事情。

变是学校宣传队的报幕员，英是拉二胡和吹笛子的。正值花样年华的他们，在食不果腹的年代，很容易找到共同的话题。英拉住变说："跟我走吧，我们去新疆。新疆可以给我们安排工作，可以吃商品粮。"就这样，变背着母亲跟着英来到了新疆。

正值春天，当变看到一路荒凉的戈壁，像个庞大的巨人如影相随地跟着她，走到哪里都很荒芜。变害怕了，那水灵灵的梦想被狰狞的戈壁拧干了，她回头看看身边这个要相伴一生的男人，却觉得如此陌生。在不谈爱情的年代，她猛然醒悟，情感在顷刻间叛离。她想要回去。

人生大多是从一条路开始，注定还在这条路上结束。变把自己关在那间破窑洞里想了一天一夜，对于年轻要强的变来说，既然出来了就不想再回去，回去的生活又是怎样呢？没有人给她答案。

一个男人和一个女人沿着一个方向，在某一片空地上停留，就有了家园。自从我在这个窑洞出生后，变就多了一个身份——母亲。因为这个身份，她更加坚定地要把根扎在这里。

母亲长得漂亮，有文化，她当过村主任、公社委员、县人大代表，受到过很多次戴大红花的表彰。每当她工作忙，没时间陪我，我撒娇要赖时，她总是一半嗔怒一半怜爱地指着我鼻子说："要不是你，我早就回老家了。"当时我似懂非懂。直到一次，因为我的顽皮惹母亲生气了，而我却硬着头皮不认错，母亲竟然孩子般地哭着说："要不是有了你，我早就回家了，你竟然还这样惹我生气。"平日里我很少看见母亲掉眼泪，回头看看奶奶和父亲还有大伯，他们的神情都在责怪我，我本能地跑到母亲跟前，给她擦去了眼泪。

母亲白天下地干活，晚上会给我讲故事，带我背她知道不多的几首唐诗。她很少和父亲一起聊天谈心，偶尔闲下来的时候，只是暗自叹气和发呆。

我偶尔听到反锁的门里传来父母的争吵声、板凳桌椅错位的移动声、噼里啪啦摔东西的声音与母亲嘤嘤的哭声相互掺杂，我急促地捶打着门，门打开了，我冲进去愤怒地看着父亲，责问他为什么这样对待自己最亲近的人。父亲那一张棱角分明的脸上写满了无奈，我隐隐约约地感觉到有些事情我弄不懂。

生活本身就是一种重复，包括苦难、理想和爱。

在父辈们的重复里，我品读着岁月留下的点点痕迹。其实父亲也很优秀，吹拉弹唱、作诗写字样样都行。父亲喜欢热闹，每年到我们家要春联的人络绎不绝，他写一天也不觉得累，而我的母亲喜欢安静，她只愿意去做自己认为有意义的事。父亲和母亲的灵魂是两条平行线，一辈子不曾相交。用今天的话说，爱了就爱了，不爱就不爱，而在父辈们的嘴里，没有爱字，只有无尽的承受和与生俱来的责任。面对诚实的土地，他们袒露着生命的根本，延续着自己最初的理想，真实而努力去走属于自己的那条路。人的生命就是一个过程，有些愿望在一脉相承的血液里延续。

当我披上了洁白婚纱的那一刻，母亲也为自己准备了一条鲜艳的红裙子，她说自己出嫁的时候没有任何仪式，今天她的女儿跟她当年一样的年纪出嫁了，她要好好庆祝一下，还交代我："另一种生活开始了，别太任性了。"她给说我，也像给自己说。

我仿佛接到了一个使命，我要更加完美和完整地经营自己的人生，才能填补母亲生命里曾经的空白！

因为母亲，我不敢有半点懈怠地学习、工作、生儿育女，努力让我的幸福能感染母亲那颗疲惫的心，感化她对父亲那份冰冷的爱。而我实现了母亲的理想吗？

一个狂风肆虐的晚上，母亲惊慌地给我打来电话说："刮大风了，你父亲出门还没回来！"第二天我赶回乡下，在家门口，听到母亲哭着数落着父亲。我轻轻地推门进去，看到年近花甲的母亲眼睛红肿，委屈得像个孩子。相濡以沫的真诚，早已在陌生里扎根，在分分秒秒里渗透、相融，这就是生活的真相。

又一个春天来了，我以风的名义，无声地滑过母亲的垂暮之年，轻轻地吻过母亲的额头，在那纵横交错的皱纹里，安住着我永远温暖的家。

三

巧儿出嫁了，那张惨白的脸上找不到一点新婚的喜悦。临上婚车前，巧儿到母亲的遗像前看了看，想把它带走，但是不能，今天是她大喜的日子。巧儿哭了，背对着接亲的人，面对着母亲哭的。在村子里有个传统，哭嫁的姑娘孝顺，但是巧儿的哭和哭嫁没关系。

巧儿二十三岁，人长得还算标致，白皙的脸庞，高挑的个头，一头乌黑的秀发高高地束起，娇羞的面容略带一丝忧郁，不禁让人心生爱怜。"这么好的姑娘不会也像她妈妈那样不幸吧？"

"唉，可怜的孩子，不知道今后怎样，但愿老天有眼，让她嫁个好人家吧"……在婚礼现场，乡亲们轻声议论。我祈祷年轻美丽的巧儿婚后能拥有属于她的幸福。

巧儿不识字，这在村庄里是公开的秘密。只有巧儿在场的时候，这个话题是秘密。巧儿长得极像母亲，村里人一看到巧儿总会不自觉地叨咕着巧儿的母亲。

巧儿的母亲英年早逝，三十多岁就撒手人寰了。她走得很安静，当时是上了趟厕所，就倒在厕所里再也没起来。至于是什么原因，也没有确切的结论。那时候的村庄还没有通网络，一根电话线连接着世界，当时是巧儿发现母亲倒在了厕所里，她哭着喊着，母亲没有应声。巧儿慌忙拨通了电话，据说救护车来的时候，母亲还有一点意识，当时需要巧儿签字，可是巧儿只会写"巧儿"，虽然不规范，医院也没再为难她。那是巧儿第一次在公众场合写自己的名字，歪歪斜斜，像在画画。

巧儿的母亲是没上过几天学的半文盲，她是家中的老大，要让着下面的弟弟妹妹，她的父母认为种地不需要识多少字。巧儿的父亲是从外地来这里打工的，当时在巧儿的外公家干活。巧儿的外公家孩子多，都还很小，没有干体力活的人，巧儿的外公看着这个小伙长得很结实，话不多，人还算老实，就把巧儿的母亲嫁给了他。结婚后他们就住在了一起。

巧儿的母亲结婚后经常挨打，她认为被自己的男人打了也不能乱说，更怕被自己的弟弟妹妹看到。再后来，巧儿的舅舅姨姨都长大了，巧儿一家人待不下去了，就在村外的一片空地上，用土块盖起了几间平房。村上给巧儿家划了几亩荒地，巧儿的外公给添置了一些锅碗瓢盆及其他生活用具，一个家就算成了。

巧儿的母亲还算能干，天天带着巧儿下地，巧儿的父亲到外面打零工，巧儿偶尔能穿上几件漂亮的花衣裳。但是每当碰到同伴背着书包，背着"床前明月光，疑是地上霜"的诗句时，巧儿就悄悄地躲到一边，闷着头，偶尔偷偷地捡起个有字的纸片，横着竖着看，最终还是把那张纸片扔掉了。有一次，我拿着一本我学过的书本送给她，她开始有点不自在，把书拿起来又放下，反复了几次，最终还是把书还给了我。是的，五年级的课本，对于她来说是另外一个世界了，是她永远无法到达的边界。我再看到她的时候，她已经出落成了标致的大姑娘了，而她的眼神总是躲躲闪闪。

巧儿出去打工了，每次回来都是略施粉黛地出现在村口，有时候能碰到我们放学，再与我们四目相对时，眼神里多了一分坦然。她把带回来的礼物给外婆外公送上一些，而后再回家看看父亲，还有年轻多病的母亲，过不了几天又走了。巧儿在一家酒厂的食堂里做事，踏实肯干，老总比较欣赏她，我想巧儿若是满腹学识的话，定是个前途无量的女孩。

母亲去世的时候，巧儿哭得很伤心。

后来巧儿的父亲自己承包了一块土地，挣了点钱，又给巧儿娶个后妈。后妈是巧儿父亲工地上的一个女人，年轻有姿色。巧儿再也没回过家。

巧儿逐渐被村里人淡忘。

巧儿今天出嫁，该是真正意义上的离开。

一首《百鸟朝凤》的唢呐曲子在村头的广播里循环播放，庞大的迎亲车队浩浩荡荡地驶入陈旧的小村，巧儿也没什么陪嫁，就随身带了几套衣服和两床被子。矮胖的新郎把高挑的巧儿抱上了婚车，热情地给乡亲们撒喜糖喜烟，在一阵鞭炮声里，迎亲车队扬起一阵烟尘消失在村庄的尽头。

我默默地祈祷：愿善良的巧儿能去往真正属于她的村庄。

四

兰兰是我儿时的邻居。

村上比她小的孩子们都叫她兰姐。我喜欢兰姐的名字，缘于我看的《马兰花》儿童话剧。那是我平生第一次进影剧院看的话剧，话剧团是从上海来的。当时母亲是村主任，镇上有一个从上海来的领导包联这个村的工作。那个领导很看重母亲，觉得在戈壁深处的小村落，有一个识字能干的女干部非常难得，因此一有活动就通知母亲，母亲就带上我看电影、看话剧。记忆里，电影《蝴蝶梦》《第二次握手》都是那个时候看的，虽然看不懂内容，但是看电影这个事情很新奇，同龄的小伙伴都很羡慕我，我成年之后性格里的那点自傲，也多是来源于那个时候。我喜欢《马兰花》里的小兰，她美丽善良、吃苦耐劳，嫁给马郎后夫唱妇随，共同创造了幸福生活。看完这个话剧之后，我就回去讲给兰姐听。我说兰姐像话剧里的小兰，瓜子脸、大眼睛、高鼻梁。兰姐听完我的夸赞，还悄悄地照了一下镜子。那个时代的女孩子很少关注自己的相貌，在那一刻，兰姐一定发现自己是一个长得很好看的姑娘。

　　兰姐十岁的时候，她的母亲生病去世了，作为家中老大的她与父亲分担起照顾弟弟妹妹的责任。兰姐会说一口流利的维吾尔语，于是就让她的父亲去批发一些头饰皮筋这些小玩意来，周末就去街上摆地摊。有时候，她也会卖菜，只要能赚钱的事情她都去做。我跟兰姐去镇上大十字卖过一次菜，家里人让我跟兰姐学习卖东西。头一天晚上，母亲到菜地里拔了一些毛白菜，拔回来的菜用绳子绑好，嘱咐我一把两毛钱。那天我兴冲冲地跟着兰姐出发了。到了镇上，大十字的两旁已经摆满了小摊，有卖菜的、卖瓜的、卖水果的，他们见我们两个女孩子过来，都齐刷刷地看向我们。一看这阵势，我有点打退堂鼓了，我对兰姐说："我们回去吧。"兰姐说："不怕，看我的。"只见兰姐利索地拿出一块方正的编织袋，上面还绣了一个"兰"字，找了一个空地，把菜篮子从毛驴车上拿下来，将准备好的一捆菜码整齐。兰姐的菜是水淘洗过的，放了一晚上依然新鲜水嫩，而我的菜，经过一晚上的放置，像霜打的茄子，发蔫了。兰姐问我："怎么不用水洗一下呢，洗一下的菜干净还好看，才好卖啊。"这时候，只要有人经过她的菜摊子，她都会热情地和别人打招呼，维吾尔语、汉语自由切换。不到晌午，兰姐的菜就卖完了，只剩下我的那一堆蔫不拉唧的十几捆菜了。这时候，兰姐问我，我们降价处理吧，一把两毛钱，两把三毛钱。在兰姐机智的应对下，我那一堆小白菜也销售一空了，我记得很清楚，人生的第一桶金是两元钱，也是唯一一次做生意，是跟兰姐合作的。

　　兰姐做生意的能力越来越强了，但这些并没有影响兰姐的学业，她依然一路考上了高中。

那天兰姐像往常一样，为弟弟妹妹做好早饭，再去离家近的地里割了一筐子草倒进羊圈，然后去学校。到了学校，班主任风风火火地找到她说："李兰兰，你被县二中录取了，祝贺你啊，我们学校一共才考上两个人。"兰姐并没有多开心，她淡淡地回应着："是吧，谢谢老师！"她的老师感觉情况不妙。据说，那天她的老师跑到家里，和她的父亲狠狠地吵了一架。最终兰姐还是没去县城里上高中。

兰姐辍学后的两年，上门提亲的人一拨又一拨，都被兰姐拒绝了。直到遇到了她现在的老公，那个从部队刚转业回来的男孩。那是一个春天，葡萄开墩的季节，兰姐家找了几个扒葡萄的劳动力，兰姐在家负责做饭，她的父亲带着人去扒葡萄。近二十亩葡萄地一般要扒一周左右，就在这一周里，兰姐和她老公相识并相爱了。

兰姐的婚礼很简朴，男方家就开了一辆手扶拖拉机来接她。她的陪嫁是两床被子和自己缝制的几件衣服，父亲给她陪了一个五斗橱。兰姐出嫁的那天非常好看，黑黑的粗辫子上扎了一个大大的蝴蝶结，一身中式的新娘装把兰姐的身材修饰得刚刚好。如果不是一阵尘土飘过眼前，我还真的以为是《马兰花》里的小兰呢。婚后，听说兰姐生活得不错，家境虽然贫寒了一些，但是和公婆相处得很好，还生了个女儿，日子过得也算幸福。

就在那个小村庄里，我做着长大能成为兰姐的梦，兰姐又温柔地做着小村庄之外的梦。

听到兰姐去世的消息时，我正在湖南出差。晚上十点多了，突然接到母亲的电话，我以为家里出什么事儿，母亲有点伤感又震惊地说兰姐走了，原因是得病没及时治疗，撇下一个十岁的孩子。

我和母亲在电话里沉默了几分钟。母亲说："太可惜了，这么好的一个孩子。"我也说："是啊，这么好的兰姐。"

一股无尽的伤感扑面而来，儿时的村庄是我和兰姐共同的村庄。兰姐年轻的生命在自己的村庄里荒芜了，还留下幼小的孩子，每一个人都有属于各自宿命的村庄吧。

五

在村庄，母亲含着泪教一个十四岁的女孩包饺子。

"水饺无好样，来回捏三趟，捏紧了饺子，就记得回家的路。"

母亲那没有章法的叮念逐渐铺成一条温暖的路，就在十四岁的某一天。

吃完饺子，她独自背上行李包，回味着那带着茴香味的饺子，踏上人生第一个远行的驿站，到了举目无亲的异乡求学。

十四岁时，她确定了一条路的开始，和另一条路的延伸。

于是她边走边拾，边拾边丢，拼凑了一个象牙塔般的少年时代。

读书，思念，回家。岁月从不同的方向完成了接力。

在一阵《百鸟朝凤》的唢呐声里，在不能带走娘家一粒土的训诫里，一个男人抱着她从闺房出发。从闺房到婚车，不到一百米的路程，她走了很久，她蜷缩在一个男人的怀里用命运行走，未来的幸与不幸只和自己有关。从这个男人的胳膊弯里，她偷偷地看着眼里噙着泪花的母亲，前来贺喜的亲朋好友，在《百鸟朝凤》的唢呐声里长久地停留，他们在这唢呐声里与自己相遇。

一个上了年纪的人说："傻孩子，还不哭，要哭嫁，感谢父母的养育之恩，感恩天地赠予生命之恩。"她不哭，穿上父亲的大鞋子，拉上夫君，在接她的婚车前，虔诚地跪倒在父母的脚下。这是她记忆里平生第一次下跪，跪天地，跪父母，跪村庄，跪青春。她在两扇门前，用二十八年的感恩，跪出了一条无法用言语言尽的路。这是一个女孩对青春的告别，一个女人为未来的生活壮行。

这条路很短，短得像她在母亲腹中，连接她与母亲那根脐带的距离。

这条路很长，长得让她用一生的时光去行走。

这个女孩，就是我。

红柳泉的远方

当年，仅凭对一身戎装的偏爱，我率性地选择苦乐参半的生活，成为一名军嫂。

军嫂的征途注定奔波辗转于不同的路上。即如我，奔走于鄯善和乌鲁木齐之间长达十年之久，在这条路上，我遇到过骤起的沙尘暴，瓢泼的大雨，戈壁滩上班车的突然失灵……所遇到的皆为过往，留下的是在这条路上奔忙的岁月。我常用一根扁担来表述那段奔走的日子。我是一个羸弱的挑夫，一头挑着理想，一头担着生活，只要我的意志稍有懈怠，扁担随时失衡，我所经营的生活将被现实湮灭。

红柳泉，是我那段生活的记录者。我每次带着女儿在南郊客运站下车，女儿奔向一身戎装、高大帅气的先生时，小脸上写满了自豪，旅途的疲惫一扫而光。我们常坐的那辆黑色桑塔纳，是先生单位接送家属的备用车，开车的司机在小王、小高、小孙间不停地更换，每一张年轻的脸上都写着淳朴和真诚，见到我总是腼腆地叫一声"嫂子好"。写着"红柳泉"的简陋站台牌子是我们旅途的终点和起点。

　　红柳泉，是一座因藏一口泉而得名的城郊村，容纳军人生活的无奈与喜乐。部队大院里生活区和工作区有着严密的分界线。矮灌木丛修剪得像战士们剃的平头一样，规整有型。办公大楼前面的篮球场，常成为部队里战士们快乐的集散地。锣鼓喧天，加油助威声一阵高过一阵，两个部门的战士们正在进行篮球比赛。赛场上的队员奋力拼抢，赛场之外的啦啦队边擂鼓边扯破嗓子喊着各队的口号，整齐划一。无论进球与否，来自赛场之外的呐喊声才是这场比赛的主角。

　　第一次误入红柳泉是一个秋天的午后，阳光透明清亮，天空蓝得出奇。我在大院的生活区随意逛着，突然听到哗啦啦的水流声，循水声而去，一条通往后院的小路越走越宽，几棵老槐树一半枝叶干枯，一半蓬勃地生长，让人不禁想起生长与生命的话题。更多的树伸展茂密的枝叶，记录这条路上来来回回的光阴。隐身于树林后面的两层小楼，淡蓝色的门窗在浓密的树叶下若隐若现，这是干部们的食堂。食堂设施极简，只有长桌、长凳子，除此之外，没有一件多余的物品。蓝色的门窗一年四季一尘不染。每当开饭时，广播里的音乐响起，身着军装的干部们赶着饭点来，不一会儿，另一段音乐响起，他们又步履匆匆地离开，吃饭对于大院里的人来说，也是日常一份严肃的工作。

　　泉在路的尽头。藏于红柳丛里的泉眼，汩汩而出的泉水四季长流，即便在大雪纷飞的冬季，泉水依然会穿冰雪而过。泉水自然天成地成为池塘，池塘中间建有一座假山，假山依泉而建，吊桥依假山而搭，吊桥两端长满了深浅不同的芦苇，人站在吊桥上晃晃悠悠，可观泉，可赏芦苇。池塘的周围有两排高大的白杨树，自带文艺气息，特别是秋天，满地落叶从天而降，行走其中，仿佛置于荒野之外的密林里。

女儿四岁的时候，我和她在白杨树林里拍了一组照片。秋阳温暖，金色的白杨树叶子飘落一地，女儿兴奋地追着被风吹起的落叶，她身穿黄色毛衣、咖色短裙，脚穿玫红色小靴子，一对羊角辫一晃一晃的，我跟在她后面不停地喊着："小心点，别摔着。"女儿扭头大喊："妈妈，落叶上有蝴蝶！"这一幅景象被路过的人拍了下来，照片发给了先生，他冲洗出来摆到了床头。那天，他单位临时有紧急任务要值班，只能站在值班室的窗口，对着我和女儿挥挥手，算是见面了。等到他任务结束后，我们要返回鄯善了。

这些白杨树是有所属的。有棵树的树干上刻着"我想你"，字已长得和树干一样粗了，当初留字的人，如今在哪里？另一棵树上歪歪斜斜地刻着"一生一世"。我还见过皑皑的雪地上，印着两个人体形状的印痕，夹在两棵白杨树中间，手印与手印相接，中间还画了一颗心，这又是哪一对热恋的男女留下来的呢？让高大的白杨树见证，让皑皑的白雪见证，让红柳泉收藏他们隐秘的青春。这让我想起了前不久一次让人难忘的经历。

一个夏日的傍晚，在部队大院旁一家简陋的农家餐馆里，一桌不再年轻的中年人像孩子一样起着哄："喝，喝，还要再喂一口菜……"

军装还没来得及换下来的男士，先是对着女子深深地鞠了一个躬，然后举起酒杯一饮而尽。接着在众人的簇拥下，如一对新人端起酒杯相互交错着一饮而尽。这不是新人结婚的场面，而是分别一年后的军人从外地回来探亲的聚会。在军营里，对爱情的坚守也是信念的坚守；在岁月角逐中，相聚和别离是生活的一大部分。在红柳泉，分合聚散，如每日经过的风一样，自然而又真切。

池塘边闲置的空地上有月季、茶花等色彩艳丽的植物，但每次经过时，依然能读出别离的伤感。据说，在大院里的军人，无论是退役或者调离，都会来到红柳泉做一次告别。

在四季的轮回中，秋季的红柳泉最美。高坡上已褪去绿意的芦苇、狗尾巴草，迎着风随意摇摆着身姿，仿佛在与秋风的强硬对抗。更多叫不出名字的杂草，与金灿灿的夕阳交相辉映，为幽静的红柳泉增添了几分神秘，如一幅油画铺展在大地上。偶有几个穿便装的中年人，沿着池塘边散步。又一阵锣鼓喧天声从前院传来，一场充满青春荷尔蒙的较量开始了。

红柳泉的宁静从未被打破，高大的白杨，汩汩而流的清泉，万物按照各自的样子在这个院子里存在着。

如果说红柳泉如一个温婉的女子，收集着部队大院里聚散离合的故事，那么部队大院对面的雅玛里克山上的青年峰，就以一座山的雄壮和开阔见证了部队大院里男人和女人的果敢。艾民和海英这对军人伉俪，就是青年峰与红柳泉的完美结合。艾民年轻帅气、稳重内敛，是青年峰雷达站站长；海英淳朴天真、活泼开朗，是某通信连连长。经人介绍，他们喜结良缘。短暂的婚假结束后，他们奔赴各自的岗位。身为基层军官，他们不能随意离开岗位，不能常年厮守。山里的通信信号不好，白天里还能接几个电话，到晚上全是忙音。艾民利用一次下山开会的机会，把海英拉到一边悄悄地告诉她，他想到了一个可以见面的方法。每周五，艾民在山顶拿着手电筒朝山下照射，绕三圈，然后让妻子也拿着手电筒往山上照射，也绕三圈，这样一个周末的约会就完成了。这样的约会他们坚持了半年。

后来海英怀孕了。又是一个周末，艾民等待着山下的那道手电筒的亮光亮起来，等了很久没有任何信号。艾民的心里犯嘀咕，毕竟妻子已有六个月的身孕，担心她生病了。他赶紧给山下的连队打了个电话。连队的人说，海英下午就出去了，到现在还没回来，还是拿着手电筒出去的。艾民一听，心里就有数了，海英一定是上山来看他了，毕竟他们已经近两个月没见面了。他既紧张又担心，从山下到山上要走两个小时，光秃秃的山，站在山顶喊一声，山下隐约可以听到声音。他按照连队人说的时间计算，海英可能走到了半山腰。艾民立即拿上手电筒，心急如焚地下山找人。没走多远，艾民就看到前面一道亮光歪歪斜斜地向山上爬行，他不敢大声喊，怕妻子受到惊吓，一脚踩不稳滑下去。艾民用手电筒的亮光和前面的亮光交流，慢慢地，两道亮光近了，他才敢叫了一声"海英"。海英停下来，气喘吁吁地说："你怎么下来了，我快爬到山顶了。"这时候的艾民几乎瘫倒在地上。天亮后，那个如蝙蝠般的雷达立于穹顶式的青年峰上，继续履行它的使命。

如今，我家先生、艾民和海英服役已满二十年，他们都选择了退役，回到故乡。他们常对新朋友、新邻居说起新疆，说起乌鲁木齐，说起红柳泉、青年峰，说起那个年轻充满激情的岁月，说起再也回不去的远方。

隐秘的河流

密林深处，随地而生的小溪蜿蜒地流淌着，清澈、纯净。静谧的林中，鸟雀欢叫，停下脚步，俯身与清浅的溪水相对，回到了世界的初识。

自从与阿曼的眼神对视后，我就误入了一片密林，无时无刻不在寻找出口。

八月的一个清晨，我在小镇的马路上闲逛。马路两旁的古榆树苍老不失活力，两排白杨树整齐地把脸转向朝阳，闪闪发亮的叶片，记录着崭新的时光。漫野的葡萄园在朝霞中醒来，这是葡萄收获的季节。不同巷口里驶出的三轮车，都有一块葡萄地等待它的到达。

被泥土包裹着的小镇，每一寸的光线都散发出葡萄的芬芳。小区里陆续走出来几个老人，手里提着一个小凳子，向一棵古树下会聚。他们三五成群，追随一天不同时间段的树荫。脱离了土地的他们，安静地坐着，沉浸在小镇的忙碌中。

我走在空阔的马路上，享受乡野的宁静。突然，一个男孩从一个巷子口冲出来，拉住我斜挎在身上的包，嘴里咕咕哝哝，跟在他后面的中年妇女大声地喊着："阿曼，阿曼，不要乱动别人的包。"男孩并未理会。他伸手用力地拉着我的包，我本能向后退了几步。男孩紧跟上来，两只手死死拽着包带子，但他并未有抢包或者翻包的意思，只专注于包带子上一个闪闪发光的金属扣。个头比我还高一些的男孩，十五六岁，一双大而清澈的眼睛无一丝波澜。唇边毛茸茸的胡须，显现着他正由一个男孩向一个男人行进。他专注地玩着包带子上的金属片。这时候，那位中年妇女慌里慌张地跑到了我跟前，她并未呵斥那个男孩，而是满脸自责、羞愧、无措地看着我，她一边拉着那个男孩，一边对我说："你别怕，他不会伤害你的，他只是看到了你包上的那个铁扣了。这段时间，他就是喜欢盯着人家包上的铁扣。"她用力掰男孩的手，男孩仍不愿意松手，嘴里嗷嗷地叫着。中年女子有些生气了，她大吼一声："放开！再不放开，妈妈生气了！"有些委屈，又有些无奈，男孩惊慌地松了手，把头顺势拱进了她的怀里。她迅速地让自己冷静下来，轻拍着男孩子的背，柔和地说："阿曼，没事了，我们回家。"她抬眼看着我，用微笑来表达她的谢意和歉意。这位和我年龄相仿的母亲，以最快的速度调节自己的情绪，疏解紧皱的眉头，让沉重的自己变得轻松起来。她笑着说："让你害怕了吧，他力气越来越大了，我快拉不住他了。"她说这些话时，不像个母亲，而像个孩子，对即将无能为力的自己多少有一丝无助。我慌乱地摇摇头，然后又点点头。她又对我报以感激的一笑，转身搀扶着已经比她高出一头的孩子，迎着一抹灿烂的晨光进了小区，小区的名字叫幸福小区。

在小镇为数不多的几日里，我决定去找母子。

我事先了解到阿曼的妈妈叫古莱丽。在去阿曼家之前,我先打去电话。电话是古莱丽接的,我简单地介绍了下自己,说想到她家里去看看。古莱丽表示欢迎。对这类特殊群体的家庭,国家有相应的照顾政策,比如免费体检、招工优先等。阿曼居住的小区是棚改房。虽然居民的住所换了,但是热情好客的乡村风俗一如既往地保持着。来者都是客,这是小镇上人们不变的待客之道。

我敲响了阿曼家的门,古莱丽开门迎客。她有些不安地看着我,我以微笑回应。其实,我比她更紧张。对于一个妈妈来说,孩子是她面对世界的第二张脸,她们会把所有的美好向往,都转向那个怀胎十月的小生命,并倾其所有地让其成为趋于完美的另一个自己。开门迎客的古莱丽,相较第一次见面放松了许多。她高挑儿的个头,深眼窝,高鼻梁,显得端庄大气。她家是简单的两居室,除了客厅的空间稍微宽敞一些,其他地方都很局促。一套简易的布艺沙发,一条旧地毯,地毯上铺着的棉被,一个颈枕,几本散落的童话书,这是十六岁阿曼的世界。他每天在这里看日出,送日落。时间公平地为他记录着一切,他长高的个子,长大的手掌,丰富的毛发。在阿曼十六年的世界里,这一切都和他无关,只和他的妈妈古莱丽有关。穿衣吃饭,理发剪指甲,阿曼所经历的每一秒钟,都由他的妈妈代他经历。阿曼在一个混沌的世界里,孤独自我地活着。而他的妈妈过着两个人生,一个是阿曼的,一个是自己的。

古莱丽邀请我在餐厅落座,她指着客厅说:"那里是阿曼的地方,家里除了我谁都不让靠近。靠近了,他就发脾气,砸东西，甚至打自己的头。"阿曼以自己特有的方式对抗异己的入侵，来维护自己的边界。此刻的阿曼，安静地坐在地毯上，半倚着沙发，手里摆弄着一本童话书。他不是在看书，而是把书当作一个玩具，书在他手里不停地转换方向。他把书抛向空中，看着它从空中落下来，呵呵地笑着。一缕阳光透过宽大的玻璃窗洒在阿曼身上，温暖和纯净，这是生命最初的模样吧。

古莱丽对我说，近几天的阿曼情绪不好，刚被诊断出患有糖尿病。我吃了一惊，年仅十六岁的孩子怎么会得糖尿病呢？古莱丽自责地说："他前一阵特别喜欢吃口味重的食物，比如米粉、麻辣烫，每天中午都吵着要吃，不带他去，他就又哭又闹，我拗不过他，连续吃了一个月。不过医生告诉我，他的病不完全是吃引起的，和他的睡眠有很大关系。"说到这里，古莱丽更加自责："都怪我这段时间睡觉太死了。阿曼什么时候睡的，什么时候醒的，我都不知道。"她说完，朝着客厅里的阿曼看了一眼，幽幽地说："他以后再也吃不了那些爱吃的食物了。"在阿曼的时空里，白天和夜晚、过去和将来有关系吗？他疯长的身体，停滞的思维，时刻潜在的生存危机，这个连自己也认不清的孩子，生命赋予他的意义是什么？一套花色精美的瓷茶具摆在我们中间，我说："这茶具，挺好看的。"古莱丽笑着说："是我妈妈送的，因为阿曼喜欢。"我和古莱丽面对面坐着，我们的世界那么遥远，又那么相近。这个午后，阿曼是一个幸福的人，他比一棵草、一棵树拥有更多的权利，那么多人因为他的喜欢顺从他、给予他。

阿曼的世界是单一的、平面的，但他要适应立体的、多面的生存规则。阿曼出生时，白皮肤，大眼睛，浓眉毛。家里人上上下下喜笑颜开，左邻右舍常夸阿曼漂亮乖巧，抱着阿曼爱不释手。他不哭不闹，谁抱他，他都会平静地看着对方。有时候一睡就是半天，很少哭闹。别的孩子喜欢别人抱着，而阿曼就喜欢睡摇篮，他一躺到摇篮里就特别安静。初为人母的古莱丽没有育儿经验，在阿曼的成长过程中，没有发现那细微的异常。即便有了一丝疑虑，也在老人的经验说里打消了疑虑。古莱丽一生最快乐的时光就是边上班，边想着家里的阿曼。她每天有使不完的力气，为阿曼规划了许多未来。她想让阿曼长大当军人，还想让他当医生。古莱丽是一家公司里的质检员，她以严密的数字计算和分析来规划一家三口未来的生活。她计划到县城里买一套楼房，让阿曼上最好的学校。她开出租车的丈夫，每天如数给她上交一天的收入，她把对生活的热忱，都投入到规划未来的小日子里。幸福快乐的时光总是过得很快。一转眼，阿曼四岁了，但是他没有四岁孩子的顽皮和淘气。四岁的阿曼一句话也不说，也不和小伙伴们玩，他只喜欢和自己的影子玩。古莱丽心生疑虑，而家里的老人还沉浸在男孩子说话越晚越聪明的古老育儿经验里。

　　凭着一个母亲的敏感，她已经意识到阿曼有问题。虽然家人阻拦，但她毅然带着阿曼走上了求医之路，北京、上海、南京、西安……她笑着对我说："我的汉语说得这么好，就是到处给阿曼看病的时候学的。"现在说起带阿曼出去看病的事情，她还是一脸坚毅的表情。从鄯善医院到乌鲁木齐医院，医生给出了阿曼的诊断——自闭症。这个病很少见，概率是万分之一，是先天性的，要是早期进行了干预治疗，可能会有改观。她看着干净、帅气、安静的儿子，想不通儿子为什么成了那个万分之一。她所有的疑问，只有一行行泪水回应她。

自闭症，对于生活在小镇上的古莱丽来说，是一个陌生的词语。父辈们养育子女的经验，无非是把孩子当小猫小狗来养更好养。自闭症将给阿曼带来怎样的灾难，她是未知的。她如所有的患儿的母亲一样，以最快的速度熟悉了这个新名词。

古莱丽在一家效益不错的公司当质检员，她的工作主要是检测不同种类的葡萄所含的营养成分，同时再经过其他食材的配比，做成不同口味的葡萄干，远销国内外。这份工作对于她来说，既体面又有不错的收入。古莱丽说到这，脸上洋溢着少女般的热烈和美好。那段时光，应该是古莱丽人生的高光时刻，是一个女人生命里最精彩的片段。

五岁的阿曼，个头比同龄的孩子高一头。家里有人提议，让阿曼上幼儿园，把他放在集体环境里可能会开悟，或者受到某种召唤，用老人的话说叫开窍了，阿曼就可以回到正常人的世界里。但这美好愿望并未在阿曼的身上实现。阿曼与世界相处的方式是，只要谁靠近他，他就会用力地把别人推倒，抢别人的东西，甚至有时候还自我伤害。古莱丽常带着阿曼去给家长们道歉。对于阿曼来说，他本无意伤害这个世界，但他成了每个人防备的对象。家长交代自家的孩子，见到阿曼要离远一些，他是一个不正常的孩子，会给人带来危险。阿曼像个危险物品存在于这个世界，而古莱丽则是保护阿曼这个危险品不去伤害别人，同时也不被别人伤害的人。

古莱丽动了辞职的念头。她的丈夫一直保持沉默，不支持也不反对。而她家里的老人全都反对她辞职，理由是一份满意的工作不好找，再说阿曼能吃能喝能睡，身体也好。但古莱丽想到的是阿曼成年以后的生活，他要有能力去面对。

古莱丽辞职了，她开始带着阿曼四处求医问药。她第一次走出新疆，是去西安。经一位朋友推荐，说西安有一家儿童医院，治疗儿童自闭症的效果很好，她就找来电话咨询，院方也只是让她来试试看。古莱丽和先生商量了一下，就买了张火车票，带着阿曼从小镇出发了。当时的古莱丽，对外面的世界一无所知，只能用简单的汉语进行日常交流。她毅然决然地带着阿曼踏上了东去的列车。女人，一旦进入母亲这个角色，就可以打败女人身上所有的软弱，为母则刚。古莱丽说，她和阿曼一路打着手势问车问路，找到了那家医院。到了医院，她遇到了和她有着同样境遇的许多妈妈。可以想象，古莱丽见到那些妈妈时，脸上一定是有光的。她觉得这个世界有这么多孩子需要帮助，孩子就是天使，一定会有办法来拯救这些美丽无辜的天使。那段时间，她和那些妈妈们共同查阅各类资料，她看不懂汉字，病友的妈妈们会耐心地给她讲解。她们进行着一项共同的事业，为自己的孩子寻找未来的光明。

古莱丽说，那两年，一年中有半年的时间在外面找医院、看病。最后她选择回到乌鲁木齐自闭症康复中心，对阿曼进行长期的康复训练。阿曼从七岁到十一岁都是在康复中心度过的。这四年里，古莱丽配合着医生，同时也尝试用各种各样的方法来开启阿曼幽静闭塞的世界。他尝试着让阿曼去弹琴，可是阿曼一听到琴键发出的声音就狂躁，就会用手去捶打键盘。她尝试让阿曼去画画，可是无论是素描还是水彩，都引不起阿曼的兴趣，他拿着画笔只会在纸上乱画，画着画着就开始暴躁不安。古莱丽说到这里，怜爱地看着客厅里沉浸在扔书游戏里的阿曼。"那阿曼喜欢什么呢？"我问。古莱丽想了一下说："他喜欢飞翔。"古莱丽告诉我，为了补贴家用，她家去年承包了一块葡萄地。她每天早晨六点钟起床，然后到葡萄地干活，干到八点钟就回来，那个时候阿曼刚睡醒。出门的时候，她会把所有的门和窗户都关好锁好。第一年包了一块葡萄地，靠路边，农忙收葡萄的时候，她会把阿曼带到地里去。阿曼在地里根本不能安静地待着，他总是在马路上学着飞机飞翔的样子，张开双臂来回跑，一跑就是一上午。路上都是来来往往的车，但阿曼根本不顾及这些。为了阿曼的安全，她只好又重新租种一块靠里面的葡萄地。我问："你会种葡萄吗？"她说："不会就学。"

这时候，阿曼过来，把古莱丽的手拉开，直接坐到她腿上，摆弄起古莱丽的头发。古莱丽对我笑了笑说："他可能饿了。"果真，阿曼坐了一会，起身到厨房去了。只见他在厨房里摸摸菜刀，摸摸铲子，我稍微有点紧张，怕他会有一些意外的举动，古莱丽好像看出了我的担心，宽慰地笑着说："没事的，不惹他，他一般不会去伤害别人，他就是饿了。"阿曼出来，拉起古莱丽的手，往厨房去，脸一直蹭着古莱丽的头顶，指着高压锅。古莱丽说："他想吃锅里的手抓肉，专门给他炖的。"

见阿曼要吃饭，我打算离开了。在离开之前，一个问题突然闪现出来，我犹豫了几秒钟，还是向古莱丽提出了问题："你未曾想过再要一个孩子吗？"古莱丽的眼眶瞬间湿润了，她哽咽地说："我想过，如果再生一个孩子，我对阿曼肯定没有现在这么好。"听完她的回答，我的眼眶湿润了，一个生命对另一个生命的最高礼遇就是毫无保留地给予。

从阿曼家出来，我本能地拿出手机，给远在广东读书的女儿打去电话。电话被拒接，女儿发来微信："姐姐，我正在上课呢，有事留言。"我回复道："没事，就是想知道你在干什么。"对话框里回复了一串省略号。对我突如其来的侵扰，女儿已经习以为常，她如大人般包容着我对她莫名其妙的担忧。我们常以姐妹相称。我算不上一个合格的母亲，常伴随着轻度焦虑，在岁月的长河里，像一棵水草漂漂荡荡，走过大半生。在我身担母亲之责的日子里，我常自省、自检、自责，也没有多大的改观。与阿曼的母亲相比，我顿生愧疚。随即，一份幸福之感溢上心头，世间的幸福大多是这样比较出来的吧。

前不久利用学习的机会去学校看女儿，我们并肩环湖散步，湖里盛放的紫色睡莲端坐湖心，湖边小山坡上溪水淙淙，始终寻不到源头和尽头。十八岁的女孩快乐地和我分享大学里的点点滴滴，仿佛帮我补充了一段遗失的光阴。我眼前浮现出古莱丽的身影，她仿佛也来到了湖边，看着阿曼如一朵睡莲漂荡在平静的湖面上，无言，目送。

烟火小城

拌　面

在新疆任何一个城市生活，都会有一家拌面馆与你有着千丝万缕的联系，小城鄯善也不例外。对于小城任何一个人来说，都能随口说出几家拌面馆的名字，四季红拌面的菜好吃、悦来拌面的面筋道、新民拌面的老板人很好……即便你离开了小城，那一盘小白菜拌面的味道也将被你永远地记住，无论你走多远，都能与小城保持一条隐秘的通道。

如果给拌面赋予一种身份的话，它就是新疆喜爱面食者的"大众情人"。它在新疆人的认知里，有着牢不可破的情感归属。"几天没吃拌面了，胃里有点空。"说着说着，嘴里流出了口水。一盘拌面下肚，心满意足。

对于我来说，与拌面是有距离感的。从饮食的偏好上来说，我偏爱米。我在大漠戈壁边缘长大，却有着对江南水乡的向往。记得小时候吃饭，见到米就高兴，见到面食就东躲西藏，而家里常以面食为主。因为那时的高粱、小麦才是新疆大地的主人，大米是新疆的"稀客"。

消除与拌面之间的距离感，是我离开小城鄯善回襄阳生活的那几年。在小城鄯善被我视而不见的拌面，在异乡成为日思夜想的食物。我跑遍了襄阳的大街小巷，去寻找新疆拌面馆，好不容易找到了一家名为新疆木垒大漠胡杨饭馆，绿色的牌匾，白色浑圆的几个大字一见面就觉得亲切，我如释重负地进到店里，一个操着本地口音的服务员来点餐，我对即将见到的拌面产生了质疑。其实，也是对自己想吃拌面的缘由产生了质疑，究竟是想吃拌面还是想家了。当然，吃了那一顿拌面之后，我打消了在襄阳吃拌面的念头。

食物的根，比一个人的根更难移动，这是拌面给予我的启示。根移不动，那就移动种子。跟家里的妹妹聊天，她嘲笑我身在福中不知福，她说："疆外山好水好，干吗总是念叨这个小县城的好？实在不行，给你邮寄一袋子天山面粉，你自己做拌面吃。"我深受启发，随即在淘宝上开始实施买面粉自己做拌面的计划。新疆的小麦日照时间长，面有筋骨，只有新疆的面粉才能做出真正的拌面。在淘宝上搜索天山面粉，果真有卖的，只是邮费快和面粉一个价了，但买的人依然很多。在面粉店的评论里，都是称赞天山面粉做拌面如何如何正宗的，有一个评论说："十年了，每次想家都吃一顿拌面。"我不禁感叹，同是天涯沦落人啊！

经过近一周的时间，网购的五公斤装的面粉到了。快递小哥给我送货的时候，疑惑地看着我问："面粉还需要网购吗？"我没有解释，笑而不答。

随即开始制作拌面。做拌面首先是和面。和面要用盐水，对于为什么用盐水来和面，网上解释："和面时，加入盐水后，钠离子和氯离子就分布在面粉蛋白质的周围，起到强烈的水化作用，有利于蛋白质吸水膨胀，相互连接更为紧密，从而增强湿面筋的弹性和拉伸性。"真是无处不科学。

做拌面的面不能太硬，不然拉不开；也不能太软，太软了拉不成条。这就对和面者的经验有要求了，需要水和面的比例适中，水多了加面，面多了加水，这种情况是常有的。和面最终要做到"三光"——面光、手光、盆光，如果这"三光"做到了，说明这块面和得很成功，面和面之间、面和水之间完全融合了。

和好的面团醒半个小时后，再揉一次，涂抹一层食用油，蒙一层保鲜袋，再醒一到两个小时。面醒好后，再将面切分成条状，用手搓匀，涂上油，盘在盘子里或盆里，让面继续再醒十五到二十分钟，面的准备工作就完成了。开始准备菜。配拌面的菜很简单，拌面是以菜来命名的，比如过油肉拌面、小白菜拌面、豇豆拌面等，根据个人的口味和爱好自行选择。那天，我做的是豇豆拌面。因为没有新疆的羊肉，就用牛肉代替。油烧热，牛肉先下锅，翻炒变色，豇豆下锅，炒几分钟后再放西红柿、皮芽子，再放一些水在菜里，加点胡椒提味。红色西红柿、绿色豇豆、白色皮芽子，一锅色香味俱全的拌面菜就完成。开始下面，拉起盘面的一头，按照顺时针的方向绕在手上，像在绕毛线。一根面绕完后，双手拉扯，在案板上再甩一下，即便所有的面黏到一起，因面上有油，遇到热水也会自动散开。面熟出锅，捞入盘中，将菜盛到面上，一盘拌面就完成了。记得那天，每个人都吃得心满意足。从此，在异乡，拌面成为我们家的特色饭。如有好友来做客，总是不厌其烦地做一顿拌面让他们尝尝。当然，好友们有的吃得习惯，有的吃不习惯。随着时间的推移，拌面慢慢成为记忆中的食物了。

直到再回到小城鄯善工作和生活，我把吃拌面看成了一种有仪式感的回归。将因拌面而起的有趣之事一件一件收藏起来。

那几年，县上搞设施农业，机关干部要下乡干活，拌面就成为劳动中鼓劲加油的口头禅。坐惯办公室的同事们，刚开始干体力活时是兴奋的，但干着干着就没力气了。男同事互相打趣地鼓励着："加油干啊，把这活儿干完奖励一盘过油肉拌面。"这句话的确能起到激励作用。但再过一会儿就有人回复道："十盘过油肉拌面也干不动了。"说完大家哈哈大笑起来。当然，那一天中午的过油肉拌面是一定要吃上的。有几次是我带队，有人提议，挨饿也先把活干完，再一起到鲁克沁的买买提餐厅去吃拌面，经讨论大家一致同意。记得那天，我们饿到下午三点，把地里的活儿干完，又走了近十公里的路程赶到鲁克沁买买提餐厅吃拌面。十几个人蜂拥而至，挤在一个圆桌子旁，倒茶的倒茶，剥蒜的剥蒜。忙碌的店员用不太流利的汉语询问我们吃哪个菜的拌面，她麻利地登记着菜品，准确地记住十几个不同种类的拌面需注意力高度集中。店员是位美丽的姑娘，她用左手写字，只见她在菜单上"奋笔疾书"，记完了又给我们报了一下她登记的菜名，六个过油肉拌面、三个小白菜拌面、两个茄子拌面……她一顺报下来，准确无误。我好奇于她怎么记得那么快，凑上前一看，只见她的餐单上面点点画画，像是天书，她不好意思地笑了，说这是她自己发明的符号，只有自己可以看得懂。她还甜甜地笑着问要几个加面，几位男士纷纷举手，美丽的姑娘一并记下来。买买提餐厅是有诚信的拌面饭馆，无论多忙，即便饭上得慢一些，也是保质保量的，菜多，面的分量足。看着我们风尘仆仆的样子，拌面老板做得更加用心，面拉得够细，菜的色彩够鲜。饥肠辘辘的我们以最快的速度认领各自的拌面。面筋道有嚼劲，各类菜品与羊肉、西红柿相搭配，各有各的味，香而不腻，配上筋道的面越嚼越香，再吃一瓣大蒜缓解下羊肉的膻味。"原汤化原食"也是小城人吃拌面的俗语，吃完拌面再喝一碗面汤，这顿拌面才算圆满。当大家饭饱汤足之后准备离开，遇到后堂炒菜的大师傅，他圆圆的脸上堆满了笑意，问我们吃得好吗？我们回答吃得好。我说："你生意好啊。"他兴奋地说："近来还不错，一中午就可以卖上几百份拌面。"他和几百个人在这个中午短暂相遇又离开。有的人记住了这个中午，有的人忘记了。

一盘拌面，仿佛是另外一个你，如影子般跟随着你，当你独自一人面对光影时，它会提醒着你，身在何处，家在何处。

扁豆面旗子

俗话说："不到长城你非好汉哪，没吃扁豆面旗子汤饭你真遗憾。"

扁豆面旗子这道美食，入口细腻，口感柔和。牛骨头与扁豆熬制的汤，配上精致如小旗子的手擀面片，香气四溢。凭外形来定义，它属于温婉类型，再加上葱、姜、蒜、香菜、胡椒等调味品的调制，汤汁浓味道香，内涵倍增。汤与面同时入口，不需要牙齿劳顿，自然入胃，还没来得及细细地品味和分辨，下一口汤和面又送入口中，想继续辨析出汤里的具体配料，只是香味与胃之间的距离越来越短，口舌只成为过渡。当把碗里最后一口汤喝完，心满意足地看看周围，起身，付钱，大声向店主道别，觉得人生瞬间圆满了。

据说半个世纪以前，穷苦人家缺少食物，就拿一小把面揉完后擀成薄薄的面皮，用菜刀切成细小菱形的薄片，放进开水锅里，撒点盐，再放一些葱花和扁豆，煮熟后就汤而吃。它是一个家庭的主食，又叫"贫民饭"，也可能是它的"出身"决定了这道美食不声不响地在西北人一日三餐的饭桌上流传，它的美味留在了很多人的记忆里。

其实，我在鄯善小城吃扁豆面旗子的经历并不多，记忆中屈指可数。在众多饭馆里寻找做扁豆面旗子的店不是一件容易的事，这也让食客吃扁豆面旗子时有着不一样的体验。就像你浏览一篇并不是特别感兴趣的文章，偶尔几个句子或者词语激起了阅读的快感，你就会放慢浏览的速度，认真地循着下文读下去，这在阅读经验里被归纳为小众阅读。在小城琳琅满目的美食中，扁豆面旗子是属于小众的，属于小众又怎样呢？依然掩盖不了它作为小城一道必不可少的食物应具有的内外兼修的气质，时常被人提及和怀念。

这次吃扁豆面旗子的地点是在望沙美食街。这是小城新建的一条美食街，两排两层或三层的红砖房立于一条宽阔的马路两旁。远处静谧的沙漠，近处翠绿的葡萄园，衬在美食街的身后，它们成为美食街最有内涵的"后援团"，人们通常是爬完沙山，穿过一片葡萄园，再来美食街补给能量。走在这条街上，你的目光像一个扫描仪，由远及近地扫描一番，而后给目光所到之处做个小结或者下个定义。望沙美食街，记录着小城从荒芜到繁华，从远古空寂到人间烟火的历程。走在这条街上，偶尔还会想到更远处的风景，遇到想遇到的人，让自己回归自己，在家门口就可以感受苟且的生活瞬间到了诗与远方。抬头看天，辽阔的天空，几朵白云随意飘荡，一棵古榆立于美食街的入口处，枝干高过了红砖屋顶。树像一位老者，慈爱地俯视这条街道的过往，它成为这条街的主人，为这条街注入了一丝文艺的气息，这是与树同行的时间所赋予的。

带我们来吃饭的S，算是参与这条街的规划者。平日里我们聊天分享，这条街成为她的主要内容，街上的美食更是她引以为豪的一部分，起码经她推荐的美食吃过了都说好。我们曾经穿着长裙、光着脚在这条路上散步聊天，灯影之下女人们的心事隐秘而浪漫，也不知道具体说了些什么，总之走了一圈又一圈，直到走累了，才觉得要回去了。那时候觉得小城很小，我们的世界很大；街道很短，我们的心事很长。在小城生活的我们就这样一直走着，一走就是几十年。陪着一条街道变新，陪着一座小城变旧，然后我们互相陪伴着变老，成了彼此的故人。而这条街里镶入了S六年的人生芳华，她生命里的一段岁月就留在了这条街上，任何时候回到这里，她都会与自己再次相遇。

我们进的这家店是望沙美食街上唯一一家扁豆面旗子店。店面小巧精致，这又一次体现了扁豆面旗子小众的气质。我们是今天晚上的第一拨客人，店主是本地人。S也算本地人，应该是老食客了，店主亲切地和我们打了招呼，并主动为我们点了三个小份扁豆面旗子。同行来吃饭的阿楚姑娘是一位医学院的大学生，从小生长在这里，后来到疆外读书，回到阔别六年的小城，一切对于她来说都是熟悉又陌生的。她告诉我们，回到储存童年记忆的这片土地上，就像回到了童年。她去寻找幼儿园学校、小学学校，她去走上学时走过的路，她吃遍记忆中还留存的每一道美食。六年的时光，小城变了很多，有些记忆中的事物还在，有些记忆中的事物已经不在了。她回忆着上一次吃扁豆面旗子的时间，但已经想不起来了。至于扁豆面旗子是什么味道的，也已淡忘于她十八年的人生历程中。我告诉她，上次她吃扁豆面旗子是在她六岁时，因要参加学校晚上的演出，我就近带她到楼兰东路上那家店吃扁豆面旗子。还记得那天，我问老板多要了两个空碗，把饭分成三份，这样凉得快，看着小小的阿楚边吹着饭，边认真大口地吃着，怕她挨饿的紧张心情慢慢地松弛下来。至于那晚演了什么节目，我已记不清楚了。她遗憾地嘀咕着："为什么人的记忆那么有限，要是能把所有的事情都记住该多好。"她说一定要记住这次吃的扁豆面旗子的味道，记住扁豆面旗子的来龙去脉。

说了这么多扁豆面旗子的故事，其实它也是有出处的。扁豆面旗子是新疆回族人独有的传统佳肴，属于汤饭的一种。这道美食，豆汤的熬制决定了一碗扁豆面旗子的味道。扁豆是这道美食的精髓，做扁豆面旗子的扁豆是原产于地中海的兵豆（又称为小扁豆），它个头很小，但味道很浓。扁豆面旗子的做法很简单，却很费时。温水浸泡扁豆直到扁豆变软，同时熬制富含骨髓的牛骨汤。羊肉丁、土豆丁、西红柿丁、葱花，加入盐、花椒炒香后盛出，臊子便做好了。面粉加盐和制，擀薄，切成菱形小块，锅中加牛骨汤，入面稍煮，撒些软扁豆，放入炒好的臊子，调些胡椒粉，出锅时放些香菜（根据食客的需要），一碗热气腾腾的扁豆面旗子就出锅了。汤饭中的扁豆含有多种维生素和矿物质，能健脾开胃，加之胡椒味稍浓，人们吃了以后大汗淋漓、回味无穷。

店主把三份扁豆面旗子端上来了，还配了一碟自制的酸白菜小菜，外加一个油香。期待已久的扁豆面旗子冒着热气，仿佛在向我们空空的胃问好。阿楚先不动筷子，只见她闭上眼睛享受这碗扁豆面旗子从嗅觉上给予她的满足，这是一种久违的怀念。她用小勺捞起了沉入碗底的小扁豆和面片送入口中，一副心满意足的样子。阿楚平日里是不爱吃豆类食物的，黄豆、豇豆一概不吃，但偏偏对这小小的扁豆情有独钟。接着，在我和阿楚的赞不绝口中，扁豆面旗子与我们合而为一了。S也是成就感满满，毕竟这顿美食让我们拥有了一个惬意的傍晚。

走出了扁豆面旗子店，夕阳的余晖洒向大地，我们迎着金色的霞光继续行走在美食街上。几辆轿车停在了这家扁豆面旗子店的门口，像是远道而来的友人，他们如释重负地撩起门帘进了小店。

木卡姆民俗街

人间四月芳菲，拂面春风在小城。

老街原名自由市场。二十世纪初的鄯善小城朴实又简单，一条十字路贯通小城的东西南北。十字路中间的楼兰商场是个国有商场，主营纺织用品和家电百货。女孩子们最爱逛的服装店、小工艺品店都集中在自由市场里面。所谓的自由市场，就是几排简易的平房，横竖有序地排列在一条路的两端卖日用百货，偶尔有几家烟火缭绕的拌面馆、凉皮烤肉店。一些服装店门面简陋，那些刚从乌鲁木齐批发来的新衣服，有序地挂在服装店里。我的出租房在市场的尽头，邻居们大多是从外地来的。每天早上，一些三轮车拉着一车车旧家具、旧物品穿梭在自由市场的小巷里，忙碌的人们或在搬家或在入住，污水满地横流，小贩的叫卖声夹杂着不同方言，自由市场的一天开始了。

我的隔壁是一家小裁缝店。裁缝店的主人大约三十四五岁，来自甘肃，中等个头儿，留着干练的短发，带着一个六七岁的女孩。第一次见面时，我正在搬家，她像是与我很熟，亲切地问我是否需要帮忙。她自我介绍说是我的邻居，可以叫她霞姐，一个六七岁的小女孩怯生生地跟在她身后，一双黑亮的眼睛里闪过一丝惊慌。我连忙向霞姐道谢，说有很多学生会来帮忙。对于初来乍到的我，有了霞姐这样的邻居，让性格偏内向的我一下子放松了很多。我们两家的格局是一样的，不足三十平方米的屋子放着一台缝纫机、一张简易的书桌、一个简陋的灶台，一个布帘子将工作区和生活区就分开了。因为裁缝店刚开业，生意多靠老乡们帮衬。那时，小城鄯善是石油开采的主战场，来小裁缝店的顾客多是年轻的石油工人，有的是来做衣服的，有的是专门来玩的。无论以什么目的来的客人，霞姐都一律热情款待。客人多时，她就会摆上几盘自己做的开口笑、烧饼等点心。她最喜欢做的一道糕点就是开口笑，酥酥的油馃子滚一层白芝麻，甜而不腻。来的老乡夸她做糕点水平高，像卖的一样。性格温和的霞姐总是感激地一笑，低头又飞针走线地忙手里的活儿了。对于爱臭美的我来说，有这样一个邻居，自然会合理利用资源。我经常拿着不同花色的布去找霞姐，她根据我的描述，为我设计不同款式的裙子或上衣。别人需要一个星期才能取衣服，我只需要两天就可以穿上新衣服。你来我往，我们成了朋友，有什么好吃的都互相留着，偶尔也聊聊天。那时候，我在自由市场对面的二中当老师，每天放学的时候，我都会经过她的店铺。上班的时候，我站在她门口，叫一声："霞姐我走啦。"晚自习回来晚了，她听到我开门声，也会出来问："这么晚回来啊，要注意安全哦。"她的饭做得特别好，浆水面、臊子面，还有些连名字也没听说过的饭食，在她那双灵巧的手里，都能做到色香味俱全。相处久了，无论来做衣服的或者熟络的邻居，都觉得霞姐是个能干的好女人。

霞姐的女儿偶尔会偷偷地从我身后抱我一下，那黑白分明的眼眸里透露出一分羞怯和惶恐，以我当老师的经验判断，这个孩子的童年世界是不完整的。我常思忖，像霞姐这样温柔贤惠的女人，应该会有个幸福温暖的家。一日，霞姐匆忙收拾完店铺说要回老家一趟，眼里带着的欣喜和期待，让她整个人都轻盈了起来了，孩子的眼眸也明亮起来。霞姐暂时地离开了，我的生活照旧，只是经过她的店铺时，会偶尔想象一下她们一家人团聚的温馨和幸福。没过多久，霞姐回来了，那天正好是周末，本想分享她带来的好消息，没想到再见到霞姐的时候，却见她面色枯黄、毫无血色，她的孩子更安静了，像只受惊的小猫时时刻刻地跟随着她。那张顷刻间苍老的面容，让我不禁打了个寒战。看着霞姐的状态，我也自然而然地与她疏离了一些。偶尔和她聊天，她苦笑着对我说："无论如何，人都要好好地生活。"那沉重的忠告，让我小心翼翼地审视正在经历的生活，每天从学校到出租屋，两点一线，和孩子们斗智斗勇，气得你快哭的时候，他们给你做个鬼脸，一笑泯了恩仇。新学期开始，学校有了教师宿舍，我准备搬家，去与霞姐告别，才发现那间小屋已是人去楼空。背负着无数生活秘密的霞姐比我更早地离开了，并没有与我道别。原来，人生的道别也是需要机缘的。

后来，自由市场拆迁了，一半被扩建成一条文化步行街，一半被房地产开发商征用。与霞姐的那段淡薄的友谊连同霞姐那段不幸福的生活，已经植入曾浮躁、动荡、喧闹的自由市场时光里。

被扩建成文化步行街的自由市场瞬间现代和阳光起来，它还有一个动听的名字——木卡姆民俗街。不算宽阔的一条街承载着整个小城的文化内涵，步行的街面用大理石和青色的地砖相砌而成，暗红色的大理石和青色的砖相互映衬。整条街分为十二个区段，对应着中华文化瑰宝十二木卡姆，故名为木卡姆民俗街。若是你有着许多有关木卡姆的知识，走一段路，你就能走出一段音乐套曲的故事。最让人流连忘返的是这条街上的那些景观，它们有的是大理石磨成的各种乐器，有的是供行人歇脚的皮鼓凳子，有的是侧立在街边的都塔尔或者三弦，最令人惊奇的是那一盏盏彩灯的灯箱也是根据当地的葡萄晾房而设计。每当华灯初上时，木卡姆民俗街更是别有一番韵味，那些不断变换色彩的灯光透过镂空的玻璃一闪一闪的，让白日里略显古朴的小城瞬间变得现代起来。若是此时，你与三两好友或者家人，沐浴着四月暮春柔和的春风闲庭信步，所有生活的无奈都会被轻柔地融化在此刻木卡姆街的某一束灯光里。

沿街开着各式各样的店铺，店铺老板来自五湖四海，很少了解到小城的历史，他们只关注这条街上哪个地段人流量大，生意好不好做。Z是一个妙龄女孩，沿街开了一家美容店。只读到初中的Z从外地到小城鄯善打工，在木卡姆民俗街一家化妆品店干了几年，掌握了一些美容知识，在姐姐和朋友的资助之下开了这家美容店，凭着诚信本分的经营理念，几年下来也积累了不少顾客。Z见到谁都是笑脸相迎，关切地给你讲解皮肤保养的知识，所以她的客源很稳定。沿街还有很多店铺，每间店面很考究地彰显着属于自己的个性。后来，木卡姆民俗街成为旅游文化示范街，门面的牌匾也被统一为黄底白字，赫然醒目地挂在门楣上。进进出出的顾客越来越多，属于我的木卡姆民俗街的时光在白日的喧嚣里一点一点地走远。

原来的自由市场，后来的木卡姆民俗街继续改造。当一辆辆庞大的挖掘机在隆隆声中挖掘着地面，那些咔咔的断裂声像是在做某种痛苦的告别，被扬起的灰尘遮挡着人们的视线，一截截街道化为原始的泥土，那些潮湿而新鲜的泥土散发着清新的气味，一切都回归到最初的模样。

现在的木卡姆民俗街繁华热闹，整齐划一的路灯上挂着红灯笼和中国结。路也扩宽了，木卡姆路已经延伸到了小城沙漠的边缘。偶尔会想起曾经在出租屋里的年轻时光，想起霞姐和Z，有了她们，我才有了对这条街的记忆，我轻飘飘的人生才有几分下沉的重量。

一个人在一座城市里能亲历一条街的形成和消失，并能记述着它的来龙去脉，一定是有些东西已经深入骨髓了，让你爱着、念着。

花　事

玉兰花开

窗外的玉兰花开了。昨天看着它还是含苞待放，今早再看，乳白色的如纸质的花瓣已亭亭玉立地立于枝头了。虽是远观，依然可以感受到玉兰花清新雅致的气韵。

第一次见到玉兰树是在鲁迅文学院，参加新疆中青年作家培训班学习。

四十位各民族文学爱好者从边城到首都，带着对文学的憧憬徜徉在七月炎热的鲁迅文学院。一位曾经来过这里的同学指着一棵笔直高大的树说："这就是玉兰树。"我昂起头来仔细观察，只见树上长满了褐色圆筒，像豌豆形状的果实皱皱巴巴的，着实不够美丽，同学见我对玉兰花果实的失望之意，就开始给我描述玉兰花的春天。他告诉我，要是春天，白色的玉兰花盛放枝头，一片绿意盎然中开出大轮的白色花朵，那馥郁的香味令人感受到一股难以言喻的气质，清新可人。在他的描述中，我开始想象，这高大的玉兰树干上，一朵朵玉兰花立于枝头，迎风摇曳，神采奕奕，宛若天女散花，非常可人。在同学富有诗意的描述中，我保持了对玉兰花最初的期盼。

在鲁迅文学院，我们各自探寻文学偶像的踪迹，鲁迅、巴金、朱自清……无比虔诚地珍藏着每一个与文学相遇的瞬间，对每天都要经过的玉兰树也慢慢地忽略了。短暂的一个月学习结束了，每个人似乎都有一个未尽的心愿，是文学之路，亦是对盛放玉兰花春天的向往。我们把自己留在了那个小小的院子里，也留在了首都的七月。在之后忙碌庸常的日子里，在北方小城猝然而至的春天里，那段时光与玉兰花安放在身体的某一处，时常被想起。一年春天，友人到北京出差，临行前，我给他发微信，让他到北京一定要看看玉兰花。若能到有玉兰花开的城市生活，那是怎样的一种幸福呢？我看着窗外辽远的沙山幻想着。

第二次看到盛放的玉兰花是在襄阳的卧龙大道。那天，天气清朗，微风轻拂。我从春园路的语港旺府到卧龙大道的绿地中央广场，看到两侧绿化带栽种的全是玉兰树。后来，为了能看这一路开花的玉兰，我通常选择步行走完这段路程。那时，我对这座城市很陌生，但要去路尽头正在建设的小区又觉得不陌生了。因为不久之后，我就会在这里居住，呼吸这里的空气，分享它的阳光，饮这里的水，在这里行走、奔忙、思念、冥想和忧伤……与这里的一切共同生长。玉兰花会年年如期地盛开，我也会一天天过着相同的日子。

三月的卧龙大道，从南到北，抬眼望去，一字排开的玉兰树都在尽力绽放，一朵一朵的玉兰花像一艘艘白色帆船漂浮在碧蓝的海上。寻一朵花近观，俭而不素，雅致清幽，散发出淡淡香气，仿佛从闺阁里走出的袅袅婷婷的女子。玉兰花比樱花、海棠花大了许多，一阵风吹来，满树的花朵轻轻摇动，向过往的每一缕春风致敬。行路至半，转身回望，疏密有间的玉兰花撒满了半空，偶尔有几只鸟儿一闪而过，一瞬间忘记了自己身处何处。又一阵淡淡的清香扑鼻而来，沁人心脾，仰头深呼吸，一辆汽车从身边疾驰而过，恍然醒悟，我正在与春天同行，我正行走在一个陌生的城市。于是，在偌大的城市里，我成了一个影子，因一朵花的馨香，偌大的城市成了一个人的春天。

　　襄阳长虹南路的玉兰花和卧龙大道的又不一样。长虹南路的玉兰树的树龄要长一些，二月一过，所有的玉兰花约定好似的一夜开放。整条路会被玉兰花装扮成另外一个模样，盛放的玉兰花身披白衣，为这座城市消音去噪。正在长叶子的紫薇树，在乳白色的玉兰花丛间略显稚嫩，它的花期在夏秋季，春天对于它们来说是积蓄能量最好的季节，不争妍斗艳，只安静地生长。一株不知年岁的玉兰树，花朵压低了树枝，向马路中间斜伸出来，以这棵树为标识，在马路中间开了一条人行横道，人们在等红绿灯的时候，可以驻足在这棵树下，一边赏花一边等绿灯，不自觉地去感受这个设计者的爱花之意。古城墙像一位饱经风霜的老人，把路和树拥在怀中，气定神闲地看着繁忙的世间，看着人们匆忙而过的一春一秋的生活。

　　刚到襄阳不久，在一个出版公司上班，每天都要坐公交车经过那一棵玉兰树。玉兰树下设立了一个公交站点，我所到的站点不在那一站。每次经过那里，我都会仔细端详已被汽车尾气熏染发黑的玉兰树，这并未影响这一树绽放的花朵在春天里摇曳生姿的美好。那些站在树下的人们，或等待或静思，他们常常会忽略高处盛开的白色典雅的玉兰花，而我匆匆经过的瞬间，把这一树繁花据为己有，常常有小小的窃喜之感。一晃两年过去，很少再有机会在春天坐上公交车走那条路了。一直错过花期的玉兰树已被移栽到了那段忙碌的岁月中。

春日暖阳依旧。"霓裳片片晚妆新，束素亭亭玉殿春。已向丹霞生浅晕，故将清露作芳尘。"无法探究明朝诗人睦石写这首诗歌的背景，但字里行间里透露着他对玉兰花的喜爱，被它的清新和芳香的气息所感动，一个人与一朵花只为了喜欢和欢喜。

相传玉兰花是三姐妹的化身。大姐叫红玉兰，二姐叫白玉兰，小妹叫黄玉兰。一天她们下山游玩，发现村子里一片死寂，三姐妹十分惊异，向村子里的人问询后得知，原来秦始皇触怒了海里的龙王，龙王迁怒于这些村民，封锁了盐库，不让村民使用，导致村民得了一种怪病，甚至有些人因此而死去。三姐妹十分同情他们，于是决定帮村民讨盐。在遭到龙王多次拒绝以后，三姐妹只得从看守盐仓的蟹将军入手，她们用自己酿制的花香迷倒了蟹将军，趁机将盐仓凿穿，把所有的盐都浸入海水中。村子里的人得救了，三姐妹却被龙王变作了花树。后来，人们为了纪念她们，就将那种花树称作"玉兰树"，而她们酿造的花香也变成了自己的香味。在中国神话中，受农耕文明的影响，大多是用生命终极的善去化解恶，善最终被植于树木或花草，葱茏于大地。

隔着窗户的花草树木全部醒来，那棵紫色的玉兰赶着玉兰花落之后开放，花瓣从毛茸茸的花苞里缓慢地舒展开来。

　　窗外，世界渐趋喧闹。

樱 花 道

　　二〇二〇年三月八日，这是春天里一个特殊的节日，姐妹们隔着手机屏幕相互祝福"节日快乐"。每天，我都会坐在飘窗上，看着楼下绿色植物每天的变化，海桐和忍冬冒出了新芽，紫荆花一簇一簇集聚，樱花你追我赶地挤满了枝头。早开的樱花已有花瓣飘落在地了，一阵风来，小小的花瓣跟随着风又落到另一处。我安静地看，花安静地落。

　　以往，襄阳的三月正是各色樱花争奇斗艳的时节，路过的人禁不住驻足，举起手机以樱花为背景拍一张自拍照留作纪念。记得在哪个电视剧中看过，只要有一朵花盛开，就会有一个女妖出入人间，女妖是花精变的，只有在春天，女妖才能变回花朵，"桃之夭夭，灼灼其华"，在文学的世界里，女人与春天同样美好。

　　刚到这座城市的时候，我每天行走在车水马龙的路上，不停地认识身边的花花草草，以此来消除与这座城市的距离感。春天是最好的季节，那些花花草草们如我一样，重新在春天出发。我在手机里装上了各种识花软件，走到哪里拍到哪里，泽漆、垂丝海棠、冬青、忍冬、小窃衣……"小窃衣，很美的名字，如女孩般令人怜爱，二〇一七年三月十日。"我每天这样去记录花草的名字，记录我度过的每一个陌生的日子，一位远在新疆的友人在这条微信下点赞，我连同他一起记住了。小窃衣、我和他，让空飘飘的日子有了一定的分量，逐渐丰富我在异乡庸常的生活。等到我与路边的杂草和小花慢慢地熟络了，这一年的春天也就过完了，我也像一棵过了花期的杂草慢慢适应了这里的一切。

从紫贞公园穿过大李沟，有一条小路被我命名为"樱花道"。樱花道是个道行高深的隐者，它隐藏于鳞次栉比的楼群中，依偎在流水淙淙的大李沟。沟渠两侧栽种着各种柳树，与小道两旁各种颜色的樱花有了层次对比，柳树依水生，枝叶纤细低垂，"万条垂下绿丝绦"是柳树不变的写照。樱花的开放则是向上的，每一朵樱花都积极地迎着阳光展现自身的妩媚，或白或粉。樱花与柳叶共同俯视温柔的水流，嫩绿与纯白相间，美得不可方物，无须言语表达，只安静地欣赏，稍微有些声响就会打破这份宁静与和谐，这也是植物界的阴阳相合吧。

从三月到九月，樱花道上有着不同的花开放，最美的景色当属三月樱花季。

惊蛰一过，经过二月春风的催促，樱花已含苞待放。再经过布谷鸟的唤醒，进入三月的樱花按照各自的时辰次第开放，最早开的是早樱，那一身粉嫩的"红装"占满枝头，瞬间完成了对这个春天的描述。接着开放的是日本樱花，纯白的花瓣簇拥在枝头，一阵风过后，满枝头的花朵颤颤悠悠，像一个穿着汉服的少女虔诚地对着大地行礼。从小道入口处放眼看去，粉白相间，美不胜收，林间静谧，只有蜜蜂忙碌的身影在花丛里穿行。偶有一对情侣骑着单车从这里经过，他们歪歪扭扭地骑着，男生故意往女生身上靠着，女生惊慌地躲着，在欢声笑语中，一对身影消失在花丛中，他们忽略了一个陌生人的存在。他们如这一树盛开的樱花，只选择阳光和风，而后去追寻春天所有悸动之后的神秘。这一刻的情景生成了一朵纯白的樱花，在我的记忆里反复地开放。

　　一场雨刚过，雨滴凝结在花瓣上，为这纯白的樱花增添了灵气。一个年近五十的女人，徜徉于樱花树下，看她的装扮是专门来这里拍照的。一件绿底的花旗袍裙，搭了一件米色的外搭，一条暗红色的围巾随意搭在胸前，艳而不俗。她以各种欣喜的表情来为一朵又一朵的樱花拍照。这些小小的白色精灵随着清风慢慢地摇动着，她不停地说："太美了，太美了！"为了不打扰她陶醉于美妙的赏花世界中，我故意绕进树林的步道里。这时候她突然叫住我说："嗨，你好，能帮我拍照吗？"如果在游人如织的旅游景点请人帮忙拍旅游纪念照，倒是没有一点儿违和感，而在这样一个幽静的林荫小道上，突然去帮一位陌生人拍照，多少有点互相窥探秘密的感觉。我稍微迟疑了一下，但还是答应了。她大概看出了我的犹豫，有些害羞地跟我解释，她过两天就要离开这里，听别人说这里的樱花开得很美，问了好多人才找到这里。这里真的很美，她抑制不住地兴奋，又尽量克制地去对一个陌生人表达，我相信她说的话。走在这条绿道上，你可以把自己想象成画中的一位女子，不分年代、不分职业、不分年龄，沿着一条自己喜欢的路一直往前走。

　　相机里的这位女主人，选了一枝花朵密集而饱满的樱花为景，她低下头来，缓慢闭上眼睛，那副陶醉的状态，世界之于她，只有花朵和春天。而她已经与概念上的美没有关联了，松弛的皮肤，走样的身材，凹陷的眼睛。但她的笑容含蓄而矜持，双眼闪现一道明亮的光掠过每一朵花，那一刻的美是真实的。此时，一只蜜蜂落到了她所依偎的那朵花上，我快速地按下了快门。我心满意足地把手机交还给她，像完成了一件大事，她看了看照片，激动地跑过来抱了我一下表示感谢，然后继续她的赏花旅程。看着她在这如梦如幻的花影中逐渐远去的背影，我心生留恋，这就是春天吧？

善是美的，女人亦是美的。在每个女人的人生里，一定会因为爱拥有过一笑倾城再笑倾国的繁华。她珍视自己的青春，爱过自己曾经爱过的一切。

樱花道上的樱花盛放着，春天的气息也正酣。

第三辑 路上的风景

向青草更青处漫溯

——巴里坤大草原行记

一

我生活的小城位于火焰山脚下，看惯了大漠黄碱土的焦渴和松软，偶尔经历过几处绿草如茵的草地，于是更加向往着那一片无垠的草原。这份渴望比起没见过草原的人要急迫得多，因为毕竟曾经来过，曾经抚摸过。那凉爽的绿，给予炎热夏季的诱惑是多么强烈，曾经抓在手里的清凉，那沁心的感觉，终是难忘的。

我先后去过昌吉的庙尔沟、伊犁的那拉提大草原，也曾在那沁心的绿里瞬间陶醉和忘我。但是出行都是固定的模式，同行的是熟悉的面孔和熟悉的气味，来自俗世的牵绊最终不能让人真正融入最真的绿里，这是我多年的遗憾。

下了火车，欣喜之情不自觉地漫溢心间，来接我们的是个未见过面的文友。根据电话里的描述，他一米八的个头，长着一张娃娃脸，我们左顾右盼，但是没寻着，就往外走，突然见到一个大男生，低着头过来接过我们手里的包，告诉我们车在那边。我和M窃窃地笑着，缘于文字的相通，让未曾谋面的陌生感可以瞬间跑远，人说相识是一种缘分，而相见该是一种美丽的邂逅吧。

二

我知道此次之行，我只是个路过者，我对巴里坤这个古老的小县城几乎一无所知。尽管之前我尽力搜索着与其有关的一些历史和人文信息，了解到巴里坤有八景：天山松雪、瀚海鼍城、尖山晓日、岳台留胜、屯稼堆云、黑沟藏春、镜泉宿月、龙宫烟柳，还有岩画和石人。我知道仅以一个俗人的眼光来观赏大自然在历史风尘里的造化，我肤浅的认知远远不能够表述清楚它的内涵，对此我只能任思绪自由地驰骋在无限的遐想中。

从一座城市到达一片绿地，是一条路在连接，我喜欢这样的路，它可以瞬间让你和车窗外的任何一景一物自由地相恋。

从哈密市出发一路北上，从山的背面径直到达巴里坤大草原。首先映入眼帘的是一座座的山，远远地看去，山顶一片云雾缭绕，有的山头一片明媚，更远处还有皑皑白雪立于山尖，真是应了诗句："到此疑无路，群山裹一城。光分太古雪，来及半天晴。"（史善长《到巴里坤》）那缭绕的云，皑皑的雪，还有明媚的阳光，缓解了我们远道而来的疲劳。

沿着一条山路，绕了无数个弯，终于走到了山路的尽头，一片绿茵茵的世界植入我们眼，不，应该是我们已植入了辽远的草原和无尽的苍穹中。

一阵清新的气流灌入车内，使人不由得脱口而出："嗨，真爽！"这就是巴里坤大草原吧。

三

横穿草原中心的马路像一条黑色的绶带蜿蜒飘荡在绿色的海洋里，指引着最初来到草原的使者。

放眼望去，山被密密层层的原始松林低低地压着，那沉沉的绿牵引着你的视线，一直向西再向西，根本看不到尽头。那绿的厚重似乎使整个天空向南倾斜，云连着山，山藏在树里，树又被云裹着，此时你已没必要分清哪是山、哪是树、哪是云了，那紧凑的绿总是有种说不出的谨慎和内敛，没有一丁点儿的空隙，让你能看到山的肌肤或山石的面貌。那么，就把自己当作初到仙境的一个凡间小女子吧。

北山相对而言就显得豪气坦荡多了，山不是很高，许多个山头相连，又独立成山，山上的几只山羊正低着头灵巧地撅着胡子啃草，零星地散落在满是绿的山上，牧民们在马背上扬着牧鞭和羊儿们亲切地交谈。北山在雪山和草的映衬下，与南山深情地对望，远处依稀可见天山上皑皑的白雪。我突然觉得这是大自然的造化，北山就是粗犷豪情的男人，而南山则是美丽多情的姑娘，他们在若干年前一定有着一段凄婉的爱情故事吧。

我是从火焰山脚下直接奔着这里的清凉来的，初见寒气沟这几个字，一股冰凉之感不禁沁入肌肤。寒气沟左边是连绵起伏的丘陵般的山坡，右边是随着山峦起伏而生长的松林。寒气沟海拔两千多米，纵深十公里左右。七月的山外酷暑难耐，而这里却是寒气阵阵，这对于久居山外的人是多大的奢望，山不高却陡峭，草地起伏却葳蕤，松林在我们无限的感叹中显得格外恬静。

我们最终选择在云雾山寨停留。

云雾山寨属于天山风景区的一部分，靠近南山的松林，所谓的山寨就是一家食堂、两排平房旅馆和几个毡房散落在山脚的草地上。

下了车租好毡房，我们几个直奔食堂，此时的我们经过几个小时的颠簸已是饥肠辘辘了。食堂老板看看我们几个不太像大口吃肉、大碗喝酒的人，微笑着对我们说："给你们来个草原特色大盘蚂蚱鸡吧。"酒足饭饱之后，我们开始向南山的松林进军。

远看，松林把山织锦成一块墨绿色的丝绸，随着风微微地起伏，而真正走进松林，那棵棵挺拔直立的松树因树高、林密，让身处其中的人感受不到风来，只能听到风和树林低语。这里有生长了几十年、上百年的老松树，地上很厚的松树皮、松枝和杂草相缠。由于松枝质地坚硬，有的快变成了硅化木，塑造出各种各样的形状，让你忍不住去找些相像的物体来给它命名。我捡到一块松树皮，被大自然塑造成了一个美女状，裙裾随风而飘，美丽的发髻高高耸起，丰满的胸脯映衬着她美妙的身段，其实就是一块树皮上几个凸出的松树结被风化得很光滑，凹凸不平地分布在这块树皮上。一块树皮就能见证时间的流逝，从一块树皮接近一块石头，我们只是感叹时间的神奇，于是也想把自己植入这片松林，让自己能与鸟声为伴，与虫儿为伍，任时间从身体里流过，多年以后我也能成为一块体型不变的石头，永远在时间里停留。还是幻化成一支松枝吧，坚挺地插在时间的树上，在某个时间里自然地落下，和泥土相融，和杂草相缠，或被游人捡起，或最终腐烂再融进土地温暖的怀抱，滋养着下一轮树木的生长，这树和人又是多么相像！

爬山对于我们这些"懒人"来说多少有点畏惧。爬了不到半个小时，两条腿就开始提意见了，还好我还沉浸在脚下这些杂乱松枝的遐思里，兴奋劲还在。突然，我在一棵树的根部发现了蘑菇，是因为刚刚下了一场雨的原因吧，这些山上的宠儿娇贵地从肥沃的山土里冒出来了，独自撑着小伞，诱惑着来这里爬山的游人。我兴奋地叫起来，蘑菇引得同伴跑来，都说："还真是不小，我们的晚餐有美味的蘑菇吃啦。"因为有了蘑菇的指引，征服这座海拔两千多米的山，我们信心倍增。这些山野的蘑菇从山石罅隙或树根的裂缝里冒出，那湿润的小伞，你得用手小心地捏着，稍不留意，它就会香消玉殒，或许我不该这样形容，但是我的确极爱这些大自然的宠儿。

终于到了山顶，山顶是一片平地。当人以不足两米的身躯站立在海拔两千多米的山头时，从心底涌出要与山公试比高的欲望是那么强烈。我们对着远处黑绿的山头歇斯底里地乱喊着，一会儿山那面的回音袅袅飘过来，平日里斯文的我，突然发现自己的声音也是如此陌生。人真正发现自己时难道总是在别处？

四

最后一站是白石头。

或许说这次出行就是冲着白石头来的，曾无数次听人说巴里坤的白石头值得一看，而真正到了这块石头跟前，引领你走向深处的却是它周遭那一望无际的大草原。

白石头是因一块唯一凸出草原的乳白色石头而得名，形如白色卧牛大小，有人说它是由于地质变化而凸起。盛夏的哈密炎热而干燥，这里却凉爽温润，景色迷人。但这块横卧的石头不会让它身上的爱情故事荒芜着。正当我们看着刻在白石头后面石碑上的简介时，几个牧民骑着马从不同的方向飞奔而来，或许我们是雨天之后的第一批客人吧，经过讨价还价，谈妥了一人一匹马可以在草原驰骋一个小时。

这些马虽然是被驯化过的，但是见到我们去碰它，多少还有点不愿意。曾在一本史书上看到巴里坤马和伊犁马齐名，李白也曾有诗《天马歌》："腾昆仑，历西极，四足无一蹶。"古代所有战火连及的地方一定有马的嘶鸣，所以我认为人类的某个历史文化的繁荣时期一定由一些灵性的马在书写。

而此刻立于我面前的马是一个什么样的角色呢？一定是哪匹战马的后裔吧，不，它是牧民最亲切的亲人，它正在为了主人挥汗奔劳，它依然是忠诚和值得赞扬的。

我笨拙地翻上了马背，开始有点怕，马的主人夏力哈尔是个脸膛黑红的小伙子，他用生硬的汉语说："事情没有，我教你。"

刚开始在马背上颠簸着，心跳不断加快，不停地给牵着马的夏力哈尔说："慢点慢点，我怕呢。"他和善地笑着说："没事，没事。"我提议让他带我骑马，这个二十出头的小伙子有点受宠若惊，爽快地答应了我。只见他一个侧身翻到马背上，这匹马好像一下子没有了刚才的文静，在他主人一声长喝下，只见它四肢腾空向草原飞驰而去。我尖叫起来，这种超越极限的刺激让人兴奋不已，我大喊着："快点！再快点！"

马在草原上飞奔，风在我耳边呼啸而过，我的视线里只有无尽的草原和天际那片无瑕的蓝，我的长发随着马的节奏和风的张力肆意地飞舞着，心情也在瞬间飘忽着，我觉得我不是坐在马背上，而是插上了翅膀，在这绿色的世界里飞翔。我身后的夏力哈尔竟然扯着粗犷的嗓子唱起了歌，尽管我听不懂，但是依然可以感觉到，这是一个民族的热情豪放，那份朴实的真诚会被瞬间点燃。这不是我无数次梦里想象过的景象吗？和自己心爱的人策鞭草原放声歌唱！我不禁沉浸在曾经向往的一段优美的文字里："草的尽头是绿色，果实的尽头是甜蜜，而语言的尽头却并非神话。是谁走遍了灵魂的每一个角落？如果琴弦是我早已辜负的道路，你的眼眸就是我的天涯；如果月亮不是最冷的花瓣，你的名字就是我的故乡；在你浅浅的酒窝岸边，你的红颜宽广犹如春天的草原……"我想把它幻化成此时的自己，让我成为这美丽的草原。

马在草原飞奔，我觉得自己的心脏快要被颠簸出来，不得不求饶，马速渐渐地慢下来，我开始和夏力哈尔聊起来。他指着不远处一处修葺得很精致的院落说："那是我们刚盖好的房子，漂亮吧。"我不由得赞叹:"真美!"土红的瓦片,树皮状的墙体,粉红色的小门,简直就是一处童话小屋,和这片绿色的世界相互映衬,明丽而不落俗。此亦为人间仙境,还是就是人间仙境呢?

我想定有一个美丽的牧羊女在这间童话小屋里等待着他吧。我又有点羡慕这个脸色黑红、率真热情的夏力哈尔了。

耳际清幽的歌声从辽远的记忆里飘来:"美丽的草原我的家,风吹绿草遍地花。彩蝶纷飞百鸟儿唱,一湾碧水映晚霞。骏马好似彩云朵,牛羊好似珍珠撒……"

我始终是个草原的游人,不能像白石头那样永恒地守候在这里,山的外面,还有那高温四十摄氏度的小城,那里才有我的童话小屋。

而我此刻的心情却被一个诗人言中:"寻梦?撑一支长篙,向青草更青处漫溯……"

巴里坤,天尽头的城

巴里坤，是一个被草原宠爱的小城。当踏上去往小城的路，你必须按捺住内心的波澜，不动声色地穿过草原，让满眼的绿慢慢渗进你旅途的每一个环节，然后把你完整地留在这条路上。

五月的巴里坤草原，开阔、辽远、静谧，像个纯净的孩子以娇羞的姿态呈现在你的眼底，草儿探出头来，像是刚被初夏的风叫醒。刚长出的草一簇挨着一簇，一片连着一片，像一个拼图，几小块空地把一大片的绿隔开，袒露出了泥土的本色，仿佛要告诉你，这是世界的本真。

抬脚向前走去，一个无穷大的草毯铺在脚下，无名的野花点缀其间。这是我第一次见到五月的草原，似绿非绿，却早有成群的牛羊在此漫游，那隐隐约约的绿，让心底荡漾而生一丝柔情。再放眼望去，与草原相映衬的天山，像一位老父亲，满头银发，满脸褶皱地看着它脚下的生灵。山很高，天空很低，那草原尽头的小城该是怎样的呢？

五月的巴里坤小城是宁静的。小城依山而建，像是大自然放置于草原尽头的一个小驿站，让从坦荡无比的大草原上驰骋的风有一个短暂的停留，让赶路的旅人停下来歇歇脚。绵延的草原公路，直接把小城和草原连接起来；一截清代的古城土墙把巴里坤的过去和现在衔接起来，在时间和空间的交叠之中，把你带到更远的年代里去。一阵风掠过，稍有一丝寒意，刚发芽的桦树叶在阳光下闪闪发亮，哗啦啦地向你打招呼，仿佛在欢迎你的到来。宽阔的马路上行人很少，偶尔有几辆车悠闲地穿行，这是一座与旅途心情契合度高的小城，它空灵、安静，丰厚的文化底蕴常把你带到史书里的某一部分中去。

兰州湾子，成为我这次旅程最华美的章节，以至于我摒弃了巴里坤的瀚海蜃城、镜泉宿月这些名胜古迹，而躲在兰州湾子的石屋子里，跟随着石头、岩画、雪山和野玫瑰一起享受时空的穿越。

兰州湾子的石屋子是一处青铜器时代的文化遗址，石屋隐秘地藏在沃野千里的草原之下，完美地躲过了草原上的纷争。仔细观察，这里的石头形状相似而姿态各异，或立或卧，或侧躺或平铺，其中有几块方正的石头立于石屋子周围，它们如卫士般守护着家园，石头上还用简易的图像记录着时间里柔软的故事，这就是兰州湾子的岩画。雕刻在石头上的岩画有万马的奔腾，有羊儿的撒欢，那惟妙惟肖的神态，自然而然地让人回到几千年前简单快乐的生活中。轻轻地抚摸着这些被时间和风雨淘洗过的石头，仿佛拂去了心中无尽的烦恼，那些与石头一起生活过的人们，是不是也常如我一般和生活斤斤计较呢？把忧伤洒向大地，把哀愁留给草原吧，在这宁静得近乎窒息的世界，风霜雨雪都是人生的一次惊喜。

　　我穿梭于岩画之间不愿离开，始终想继续寻找着什么。地上的野花紧贴着地面竞相开放，黄的、紫的，它们像是直接从地里长出来的，分不清茎和叶。花和一些碎石相伴，不时有一些无名的小虫破土而出，这里的春天才真正地开始。

　　一丛野玫瑰围着石屋子随性生长，如果说山和草原是花的家园，那么野玫瑰则是这个家园中最珍贵的宝物。同行的巴里坤县史志办的同人介绍，野玫瑰浑身都是宝，过去在这里生活的人们用野玫瑰花做香料、熏茶，配制中药。据说清代有许多驼商途经巴里坤时，专门采撷、收购野玫瑰花和野枸杞果运往外地，换取银两、绸缎、瓷器等。野玫瑰开花时因其特有的气味，使得苍蝇、蚊子等昆虫不敢近前。这是一个多么神奇而又干净的世界，除了阳光、空气、草原、雪山、石头和时间之外，几乎再也没有其他的声响。我们成了入侵者，但更让我们不愿离去的却是这里的自然和纯净。

　　五月，野玫瑰的花期还没到，但这并不影响一丛茂密野玫瑰的生长，它们随风摇摆着身姿。

　　巴里坤、兰州湾子、岩画和野玫瑰，它们和过去的几千年一样都还在那里。

与奎屯对话

一

向西，再向西，我想起了儿歌："白龙马，蹄朝西，驮着唐三藏跟着仨徒弟……"

向西，再向西，我们每个人都深藏着一个秘密。

向西，再向西，我们每个人又在描摹一个瞬间的理想。

草原、湖泊、树木，凉爽宜人的气候，还有我曾经留下的悲喜。

车沿着一条美丽的弧线，从高速公路的入口急速地进入奎屯。一直认为，高速公路是一个个优雅的导游，每当到一个城市的入口，总是可以感受到这条优雅亲切的弧线的牵引，外加拐弯处一个高大创意的广告牌，像一个年轻漂亮、富有朝气的礼仪小姐伸出修长圆润的手臂说："欢迎您的到来。"于是，对于满怀幽思的旅人来说，进入一座城市，总是有意无意地寻找。

此时，我正在以别样的心情触摸着一段刻骨的经历。

　　我就是在这样的路程上慢慢熟谙相聚和别离、得到和失去，我曾用青春的梦想来丈量爱情和婚姻的距离。在守望和期盼里，在迢迢的路程上，我完成了一个女孩到一个女人的转变。曾经看着窗外的月亮找最亮的那颗星，心里默默祈祷，那该是我要等的爱人吧。倚着窗户，听着窗外寂静的夜里，风微微地吹过，眼巴巴地看着这部磨得掉漆的军用电话，祈求着它能够响起，等待着那里能告诉我他的启程和到达的日期。

　　起点，小城鄯善。终点，我正要到达的奎屯。

　　我看到那一片片空着的绿地和花团锦簇的街道，它在为我的心情寻找着源头。

　　先生已离开这里两年了，而我似乎还有一种到达的喜悦，以及一种说不出的委屈和深深的忧伤，掰着指头数天数的感觉依然那样清晰。

　　新婚一个月，先生接到部队的命令，要前往奎屯某部队上班。其实这个命令是结婚前三天就接到的，当时先生的领导及战友都在帮我们操办婚礼。一场简易的婚礼在鄯善的部队里完成，我陌生又惊喜地打量着正在开始的新生活。一直以为婚姻才是人生真正的起点，婚姻要我们不任性，要我们理解和容纳，要我们用真诚和真情来播种爱、收获爱。我们计划着一起去看海，谋划着某个风和日丽的日子去骑马、爬山。我们相互牵着手逛街，总以为结婚了就是一个人要完全地和另外一个人融合，没有理由拒绝，也不应该拒绝。而这一切都在婚期满一个月的那个月圆的夜晚，画上一个像月儿一样圆的大大的句点。

　　"我明天就要走了，调令已经来了一个月，我是一个军人，必须服从命令，请你理解……"先生低着头小声地嘀咕着。

"调到哪里？"我像在问别人的事。

"奎屯。"

这个陌生的名字就此注入了我的生活。

我长久地沉默着，曾在电视或小说里看到、读到的片段正在我的生活里演绎，这的确是真的。

那晚我流着眼泪帮他收拾行装，那晚他没有一声叹息，只是回避着我的眼神。

我买了两支笔和两个笔记本，先生和我一人一支笔、一个笔记本。我说，想我的时候写下来吧，等到我们团聚的时候相互交换。

他疑惑地看着我，而后点点头。

我在他那个本子的扉页摘抄下这样一段话："当我得到你的拯救时，我会步履轻盈地走进你的世界。当你涤净我心中的污浊时，它会为你的太阳增添光华。我生命的蓓蕾如不在美中开放，造物主的心中就会漫布忧伤。只要从我的心灵上揭去那黑暗的帐幕，它便会为你的笑声带来音乐。"（泰戈尔《渡口》）直到现在才知道，其实那是写给我自己的，无数个寂静无声的暗夜里，我回忆着与他相处的点点滴滴，以此来喂养自己的孤单和冷寂，而后用一些文字来掸拭生活和工作上的不愉快。

那两个本子至今还是空白，而那两支笔却早已磨损。

从鄯善到奎屯要转一次车，行程近千里，要用一天的时间才能到达。

我们一个月或两三个月或更长的时间相聚一次。

每次都是无限向往地上路，而后泪流满面地回来。

现在我依然和先生过着两地相守的生活，那本子上的空白该是我们曾经相拥着对着星星许下的无数个美好的愿望吧，各自的那支笔就是行走在俗世里逐渐远去的青春和曾经美妙的幻想吧。

而今我携带许多陌生到达这个城市，淡淡地给同伴 L 说："我家那位在这里待过两年，这里我很熟悉。这里的街道很干净，文化氛围较浓，小吃也不错。这里的人生活得很悠闲，是一座适合人居住的边陲小城。"

其实，两年来我只来过三次。

对这座小城，我总有一种淡淡的忧伤，是来自人生最初那场没有任何预示的别离。

二

下午五点钟到达奎屯，我给 X 发了一条问候的短信，没想到他很快就回复了，说要来看我。到了一个陌生的城市，遇到一个认识的人，总有种被等待的感觉，心里不由得窃喜。

看过 X 很多诗歌，辽阔的草原、奔腾的马、神秘的壁画，被他巧妙的组合，总是给人展示一个辽远旷达的世界。

"我的月光抚摸潜行的言语 / 一半是润 / 一半是寒 / 料峭的风吹散了余音 / 只有蜉蝣在雪地游弋 / 阐释生命的直白。"他用诗歌来搭建心灵的庙宇，月光、语言、生命建筑着思想的殿堂。

没过多久，X 来了，简单、纯粹，就像他的诗歌。

"他不是诗人。他的诗集散落在地角 / 某处或沉睡。几只虫子叮咬，他的/眼角凸出一丝盐。桑叶展翅，飞舞/像一把雪花。"他把现实和诗歌完美地结合。他不是诗人，但是他有诗集，几只俗世的蚊虫让他回到现实生活中。

　　精致里透着对生命野性和神性思考的X，让我对他所在的城市多了一分好奇。那个傍晚和X聊了很多，在钢筋水泥里禁锢的我们，因为诗歌，把草原、山涧、雪山的灵魂完美地结合，勾画着一个轮廓。

守望的石头

"你在乌图布拉格乡下车。"

"然后，去怪石山谷。"

"就这么说定了。"

L在电话那头用领导的口吻安排着，我稍带紧张地应和着。到了一个陌生的地方，然后被一个人领导着，本身就有一种放松和亲切的感觉，再一听是怪石沟，心里不禁有一丝得意、一丝狂喜，我对石头和水天生有种亲近之感。

我们驱车在广袤空旷的原野上奔驰着，草原、沙漠、绿洲、砾石、荒野是永恒的主题。一路上这些恒定的景物不断地从我的眼前消失，重现，再消失。不远处就是我要到达的终点，一种被拉近的感觉霎时让自己莫名地兴奋。

傍晚，乌图布拉格（蒙古语，意为泉水长流的地方）在夕阳的余晖里拉长了影子，我踏上这条夕阳铺设的地毯，去会晤泉水尽头一块块正在等待和守望的石头。不远千里，在这里邂逅你，在心灵放足狂奔的历程里，请你化解我的疲惫和忧伤吧。我在模仿哪个大家直抒胸臆吗？不是，我只是在自由地放飞旅途的想象：一条清澈的小溪在林间婉转地回流，被几块垫在中间的石头隔开，溅起小小的白白的水花，调皮地跟着水流的方向远去，水和水嬉戏，石头和石头相碰。一段关于爱情的传说在此扎根。

哈布图哈沟（蒙古语，意为平坦之沟）只是一条沟，一支逐水草而迁徙的蒙古族牧民挥鞭驰骋而来。一阵马嘶，下马，搭帐篷，给马加粮草，然后倚靠着这一块块天然的石椅歇息、嬉戏，再寻找下一个驿站。他们面对茫茫无尽的征途和艰难，为了寻求生存抱着坚定的理想，延伸着如石头般的信念，去寻找水和草的胜地，那里才是他们的家园。他们快马加鞭一跃而过，用自己的勇气和胆量跨过了一道道阻碍他们前进的沟坎，而后一声长笑："哈布图哈沟，你终于在我的身后了！"这兀自成形的石头，分明就是隐藏在时间那头牧人坚定和恒久的理想。

哈萨克族牧民经过这里，他们惊呼："阔依塔什沟（哈萨克语，意为像羊一样的石头）！"他们欣喜地奔走相告，他们遇到了这么多像羊一样的石头，他们的幸福一定就在此隐藏；他们像遇到了春天鲜嫩的青草，遇到了看护生命的神。他们放声歌唱，展开身体尽情地舞蹈。在豪放的歌声里，一群纯洁无瑕的天鹅翩翩飞来。"喂饱你的马儿带上你的冬不拉，等那月儿升上来拨动你的琴弦，哎呀呀！"歌声跟随天鹅飞翔的方向绵远悠长。"嘀，多奇妙！他刚刚折下那棵谦卑的植物，在他拔草之处，又有同样的一棵立即破土而出。"这就是希望，就是谦卑的灯心草，他们要从这里到达水草丰美的牧场，到达他们理想的草原。

太阳撑不住一天的疲惫，慢慢归隐到山的那一面。我面前的世界只剩下了旷远的草原，还有这堆逐渐复活的石头。我如猫般轻轻地依偎在夕阳的余晖里，拖着疲惫的身躯与怪石们轻声地交谈。它们粗粝怪异的外表，冰凉的体温，平和地接纳和抚慰着来自火焰山脚下浮躁焦渴的我。

L说："带着你继续往里面走一下吧，但是可能会有危险。"我不理会他自顾自地向怪石堆里"扎"去。"山的那面有狼呢。"说完他坏坏地笑着。我说："有你在，我就不怕。"这连绵十余公里的沟谷中，怪石嶙峋，千姿百态，万般风韵，山间杂草丛生。这满目的石雕，在暗下去的天色里逐渐地灵动起来。一峰骆驼，昂着高贵的头目视前方，似乎看到了一片绿洲，而后又回望，给主人一个亲切的微笑；一头犀牛，迈着强健的步伐，像要征服这个世界；慈爱的母羊身后还跟着一只小羊羔；威武凶猛的老虎，虎视眈眈地盯着前面奔跑的一头小鹿；笨拙的大象甩着长鼻戏水，这一切似动而静。

再换个视角去观看。一帘瀑布向你倾泻而来，若想在这薄雾冥冥中听到点什么声音，只有一些虫儿在野草丛里穿行的声音。尖尖的石笋破土而出，成团簇拥的石蘑菇窃窃私语，石庙宇、石凉亭、石天桥、小石林、飞来石依次排开……

此时天色已经暗淡下来，我和L从山腰下至谷地，只觉得身后鬼影幢幢，阴风四起，刚才那些看起来还很灵动的奇岩怪石突然间变得面目狰狞、张牙舞爪，让人不禁毛骨悚然，我像进了但丁的森林。"随后我稍微地休息了一下疲惫的身体，重新上路，攀登那荒凉的山脊，而立得最稳的脚总是放得最低的那只。"我们沿着黑黢黢的山路一点点往回挪。突然，只觉得脚上一阵锥刺般的疼痛，我咧着嘴叫唤着："我被什么虫子咬着了。"L说：

"那是这山上的荨麻,你慢慢忍着吧,过上半个小时自己就好了。"我禁不住想用手去搓被扎处,L警告我越搓越疼,我只有忍着。

这就是怪石山谷给我最后的警示和纪念吗?这多像生活中的某个片段。"在七月阴雨的浓荫中/你用秘密的脚步行走/夜一般的轻悄/躲过一切的守望的人……"

当我们的车驶出了怪石山谷,心里不禁有了浓浓的留恋。

赛里木湖,大地永远的眼睛

一

乌伊公路紧紧傍依着天山山脉,山坡上长满了细密的杂草,几只羊间或分散其间,点点的白在眼里滑过,车在如袖的公路上行驶,一幅淡淡的水粉画在旅途中逐渐铺展开来。每个旅者行走在路上,都是一个幸运的书写者。于是我怀着一份虔诚,用我所有的感官来收藏和记忆这旅途所经历的一切。

车在行进中峰回路转,一湖蓝色的水域呈现在我的面前。"赛里木湖!哦!真美!"全车人都轻轻地惊叹着,或许这宁静的美只能这样轻轻地呼唤,要是稍微大声一点就会被惊扰。这片蓝来得确实太突然,没有任何预示的情况下从天而降。是个仙女吧,自如地舒展娇柔的肢体,只是轻轻挥了挥衣袖,整块天变蓝,把地也染蓝。浩渺无际的水面,像在沉睡,波澜不惊,几只水鸟从远处飞来,自由地飞翔,碰着水面,激起一圈圈涟漪,又飞向更远处,偶尔还发出几声叫声。从酷热无比的火焰山脚下游历到此的我，被这样的画面吸引，真让人觉得幸福无比。"明明知道你已为我跋涉千里，却又觉得芳草鲜美，落英缤纷，好像你我才初相遇。"（席慕蓉《初相遇》）在这纯净坦然的蓝面前，有种心动的迷醉。

车停在湖边。这里的游人很多，但是大多都是路过，他们相互拍照，窃窃私语；或张开双臂，敞开胸怀，然后畅快淋漓地欢笑着。这就是大自然的伟大，无论藏匿了内心世界的人们有多大悬殊，共同拥有了这样的山水，你就是大地之子。我被他们感染了，穿过这些欢笑，去寻一片宁静，这是我通常的状态，在华丽的喧闹里寻找幽暗。我在湖边选择了一块被湖水半浸着的石头，依水而坐。水在我的脚下轻轻地拍打着石头，水很清，清晰可见水底的石头，这时候水又变成绿的了。"蓝色乃是纯洁的水的颜色，无论是流动的水，或凝结的冰。""甚至从同一个观察点，看瓦尔登是这会儿蓝，那会儿绿。置身于天地之间，它分担了这两者的色素。"（梭罗《瓦尔登湖》）我不知道该不该把这大段的文字摘引到这宁静的湖边，但是我的确忍不住放飞想象去迎接那个孤独的跋涉者。他一生在一个湖的寓意里不断探索和完整着自己的思想和人生，他是多么幸福。他孤独而芬芳着，在一个湖的深度里缔造着精妙绝伦的世界。

梭罗和瓦尔登湖永远是个完美至极的结合。而我面前的这个湖呢？我该怎样深入地了解它、唤醒它、亲近它呢？

赛里木湖古称净海，蒙古语称赛里木淖尔，意为山脊梁上的湖，还有个别名叫"三台海子"，是新疆海拔最高、面积最大的高山冷水湖泊。看来，它自古以来都是圣人贤士的宠儿。时值仲夏，湖畔广阔的草地上，牧草如茵，一群牛羊欢快竞逐。一团浓云从西方天际压过来，整个天空不断倾斜，幸好还有巍峨挺立的天山顶着，白皑皑的雪，在阳光照耀下格外地显眼。丛丛松林沿着山的坡度逐次排列，一边是松林，一边是雪山，波涛与松涛共鸣，草色与蓝天竞翠，鸟儿与水嬉戏。这里豪放与婉约相融，野性与秀丽相伴。"四山吞浩淼，一碧拭空明。"清代文人宋伯鲁以灵性的笔描绘着纯净清澈的自然景观，在赛里木湖的背影里又浓浓地涂抹了一笔，多了一分历史的厚重。这样奇绝的风景仅仅是让你充分体验回归自然的浪漫情怀吗？不是，一定还有着更重要的秘密——真正的欢乐还是属于湖畔牧民。每年的七月，羊肥马壮，一年一度的那达慕大会把草原上所有的欢乐汇集。那时，车辆盛载着丰收，骏马驮着力量，雄鹰衔着胆识，牧歌赶着爱情奔向湖滨。"儿童能走马，妇女亦腰弓。"当赛马、摔跤、射箭三项比赛开始的时候，天空开始倾斜，大山摇晃了，湖水沸腾了。欢歌和马嘶混在一起，笑脸和霞韵映衬，浪花和鲜花嬉戏，觥筹交错，整个草原都沉醉在欢乐里。看着年轻导游那兴奋、俊美的脸庞，我突然明白了热情好客的当地人为什么要把这片澄澈纯净的水域叫赛里木了。

二

当地的人们直接称赛里木湖为海子。巧合的是，也在七月，我看了一个叫海子的湖。我仿佛看见了一个失魂落魄的诗人徘徊在湖边，湖的四周空旷，他桀骜不羁，又霸道无比地向着一面湖发泄。"湖畔一捆捆蜂箱／使我显得凄凄迷人／青草开满鲜花。青海湖上／我的孤独如天堂的马匹（因此，天堂的马匹不远）。"（海子《七月不远——给青海湖，请熄灭我的爱情》）一个诗人在七月被爱情燃烧着，而和我一起同游的伙伴M却被爱情追得无路可逃。当她面对纯洁安然的湖面时，她满怀忧伤和无奈的脸上也露出了久违的微笑。仅仅因为都是在七月？能在一碧万顷的湖边，去经历一场关于爱情的记忆是何等浪漫和恒久的事。我跨出居室的那一刻，先生为我准备了一个保温壶，说我的胃不好，容易受凉。从生活的泥土中长出的感动，让我再面对这宁静的湖时，其实湖的宁静早已在我心中。

　　"该走了。"导游招呼着我们。再回头看看这湛蓝无比的"海子"，还是用梭罗的名言来告别吧："一个湖是风景中最美、最有表情的姿容。它是大地的眼睛；望着它的人可以测出他自己的天性的深浅。"

有关伊犁温婉的呓语

果 子 沟

一条青色丝带把山切开，而后回旋，延伸。

一条道路被凿通，山被绕过，人亦到达。

这是旅途的最后一站，坐在车上，思绪里扑闪着一些疑问，即将奔赴一个陌生的地方，那里有美丽的草原和紫色的爱情。我想象着草原上哈萨克族牧民们端着大碗饮酒，然后扯着嗓门大声歌唱，挥着鞭子狂奔，要是能赶上一场阿肯弹唱会，那更是幸运。在无边无际的草原上，一片一片开满了紫色的小花，盛载着人类赤裸裸的欢乐，释放着人类最初的理想。单独看一枝花不像花，顶多是一株野草，而连片、大片地把它们集中起来，那成片的紫色的花丛铺在马路的两边，突兀地出现在你的眼前，你的思绪一定会追着那大片的紫翻越到山的背面去。

这是我开始进入伊犁最初的遐想。

就在那里，我即将到达。

就在这里，我必须穿越。

上坡，下坡。刚还看见一座山头，转眼又不见，行至不远处，又能看见，山在和我们捉迷藏。它似乎知道，我们这些来自大漠边缘的游人，眼里渴望的是绿色，心里呼唤的是绿色，而拿在我们手里的相机也在等待着绿色。曾经历了阿拉山口界碑石给予的感动，怪石峪的怪异给予的惊喜，赛里木湖的激情澎湃给予的引领，现在的确需要平静一下了。展现在我们面前的这些山，不是绝对霸道地让你立即进入它的怀抱，它像个慈善的长者，亲切地引导着，温婉地叙述着，让你不自觉地去接受它，研读它，亲近它，甚至敞开胸怀去爱它。被绿色俘虏的山，被层层浓密松林占领的山，绿色紧紧地箍在山青灰色的肌肤上，给予山太多的依赖和爱，压得山透不过气来。偶尔见到一两片不见绿色的地方，是小动物为自己打洞的时候不小心弄出来的。

我们都昂着头望尽窗外的绿，却忽略了正在行走的路。这里的路时而曲折盘旋而下，时而陡崖壁立，时而如临深渊，这里的路"像哈萨克族姑娘优雅的丝巾／柔软地拦截了山的爱情"。吟着这样的诗句，怎么还能抱紧想象，不让心灵去飞翔呢？还是劈开绿层沿着山道进入吧。只见谷底山花烂漫，山峦松塔如墨、林涛千层，这密密匝匝的松树扎堆似的簇拥在山的身体上，一定有很多的故事发生；而山坡上野果满目橙黄灿烂，预示着收获的秋季就要来了，穿过这条峡谷就能到达收获的季节。再往远处望去，苍松白雪相映增辉，一间小木屋和零星几个毡房也逐渐显露在我们的眼底。从木屋里先后走出一对父子，父亲大概四十岁，黝黑的脸膛，木然地向身边那个孩子交代些什么，而后父亲翻身上马朝西边的方向走去，而那个孩子发动了摩托车朝相反的方向奔去。见到这对父子，总让人不自觉地在思绪里寻找点什么。这时候窗外已是细雨霏霏，而进山之前还是艳阳高照，这就是夏秋交替时的伊犁吗？

　　因为在天山的山层里有一座塔勒奇山，于是果子沟也叫塔勒奇沟。山和路相依，水和山相伴，路边映入眼帘的是零散的羊群和几个牧人，让你在漫漫旅途中不会觉得孤单。正在被我穿越的这条山谷，它曾是"只识弯弓射大雕"的成吉思汗挥兵西征时，为了加快进军步伐，命察合台率部在果子沟境内"凿石理道"，凿通了果子沟天险。果子沟的建成不仅加快了作战步伐，也为成吉思汗夺取军事上的胜利做出了贡献，而且打开了中原通向伊犁河流域的通道，为古丝绸之路新北道找到了一条捷径。此后，明、清两代中央政府都在果子沟驻军把守，并设驿站。清乾隆年间在这条沟谷中设立了头台、二台两座驿站，负责传递朝廷政令和边防军情。自此，果子沟便是车马喧闹，商贾往来，络绎不绝。这些历史，总是使人经过它的时候，努力寻找一些曾经战马喧嚣、刀光剑影的场景，而刚才显现在我眼前那个残破的小木屋，里面是怎样的情形呢？它的主人费尽毕生的精力量想走出这个山谷，至今未能如愿。

　　但我知道，他一定还在努力。

薰 衣 草

在一个雨过初晴的夏末，若与一大片紫蓝色不期而遇，你一定也会和一片紫蓝色的岁月或回忆相伴。这就是面前这块薰衣草给予我的启示。

同游的伙伴们纷纷下车奔赴这场紫色的约会，善于表达的说这是爱情的颜色，倘若能与相爱的人牵手于这溢满香气的紫色世界，时间定会为他们停留。不善于表达的就蹲下身子，小心翼翼地用手轻轻地摸着它，如小麦穗状的花朵，坠在细长的花秆上，灰绿色窄长的叶片衬托着小小的紫蓝色的花朵，像捏着曾经流于指尖的岁月。一个戴着草帽的妇女，那粗糙的大手拿一只大铁铲不停地培土、除草，她专心致志地侍弄着这块田地，这些高贵娇弱的小花不停地对我们笑。

W是我这次到伊犁意外重逢的一个分别十年的同学。那天听到他极为官方的开场白："欢迎诸位来到这里参观考察，小城很小但很有特色……"他的声音竟然一点未变，十年的时间没能改变一个人的声音。那见证青春成长的岁月里，所有的点滴像颗剔透的水晶，无意镶进某个日子某个时刻，只要被轻轻撩拨，都会瞬间汇聚。W在菁菁校园里，为了追求那个年龄至高无上的爱情，蓄须明志，那张年轻的下颌上，一小撮黑黑的胡须在大学校园里成为忧伤爱情的化身。他喜欢的女孩叫惠子，娇小玲珑，能歌善舞，最终没被W执着的爱情所感动。毕业之后，W又坚守了五年，当惠子领着自己的孩子和爱人来到这个城市去看望他时，W绝望了，于是匆忙与当地一个女孩结婚。这一场匆忙的爱情和婚姻最初就隐藏了一些不安，结婚不到一年，W的妻子拂袖而去。

W彻底被爱情击垮了，他成了工作狂，年纪轻轻的他已经是一个部门的领导，而且还承包了一块种植薰衣草的田地。

今天，就是他带我们来观赏这片紫色海洋的，他开始絮絮叨叨地给我讲述着薰衣草的故事。曾经一位哲人说过，一株植物若是带着侵略或移植的历史，它一定是神圣、高贵且不可侵犯的。所以才赋予这株小小的花儿一个千古绝唱的美名，让这个带着香气的植物承载着关于人类情感的一切幸福和悲伤。

"一个美丽的女子，在放羊时遇见一位风度翩翩的英俊绅士，连续好几天和他幽会，甚至还跟他约定要一起私奔。不过，在他们约定要私奔的前一天，女子突然对绅士的身份起疑，于是偷偷带了一把薰衣草在身上。第二天，当绅士要带她远走高飞之际，女子偷偷拿出薰衣草花束，投掷在她的爱人身上，结果发现绅士竟是可怕的魔鬼幻化而成。露出原形的魔鬼又惊又怒，但又害怕薰衣草的神圣力量，只好逃之夭夭。"这就是薰衣草的神奇和力量。

这个美丽的伊犁河谷——"中国薰衣草之乡"，有着"中国普罗旺斯"之称的浪漫之城，能赋予W这份人生的执着吗？

伊 犁 河

至今未能确切地表述你，只有把模糊的轮廓深深地刻在记忆里。

和你没有更深的接触，五指轻轻地掠过你的肌肤，冰凉浑浊的河水和肌肤相触，有点滑腻的感觉。卷起裤腿直接下水，清清爽爽地洗去旅途的疲乏。一阵不明方向的小风从岸边吹来，混杂着呛人的油烟和羊肉腥膻的味道，让人感动得无以释怀，我回到家了吗？没有，我还在异地呢，怎么会有这样亲切的味道呢？这时候，正好思念着一个人，但不觉得孤单，因为有你的陪伴；刚收到一条短信，一个人在某个角落悄悄地注视着你，环顾四周，除了忙碌着拍照的同伴之外，只有你在那里无声地观望……

我不该把你描摹得这般温婉和娟秀，可是在雨后初晴的黄昏里，我却不得不这样去怜爱你，即如你万般怜爱着你的草原、树木、羊群和牧人。

曾在长江上畅游过，那滚滚东逝的张扬让我有种恐惧感，我怕一阵大雨的光顾，我就在浩渺无际的江水里安眠，也曾经从汹涌奔腾的黄河边经过，我只是对照着课本聆听着——"风在吼，马在叫，黄河在咆哮，黄河在咆哮！"那些悲壮雄厚的歌声沉醉在历史深重的伤痛里，所有的艰难险阻要用一条河流来承载，我觉得太累、太重，于是我必须仰视它、崇敬它，不能真切地亲近它。

而伊犁河不是，我就站在它的身边，和它相拥呢。我告诉它，我是从火焰山脚下来的，那里没有一条这样袒露无余的河，那里有着与大运河齐名的水利工程——坎儿井，明明是条河，偏偏给自己命名叫"井"，那清澈的水只能沿着地下的暗渠顺着地势缓缓流出，比起它的浩浩荡荡少了几许的豪气。伊犁河，从巍峨高耸的汗腾格里峰出发，携带着三姊妹——特克斯河、巩乃斯河和喀什河，一路豪情，供养着西部大地上的一切生灵。有你奔忙的身影就有了伊犁河谷的青山绿水，如茵绿草，纵横阡陌，遍地果园。只是稍微地彰显着自己的个性，就获得了"塞外江南"的美誉。

那灰白的水浪按照固定的律动，一个推着一个，浩浩荡荡地向西奔去，是宏大的时间给予的叮嘱吧，这是一条永远流动的河流。历史的脚步就在你的身边走远又回来，塞人、月氏人、乌孙人都在你身边停留驻足。饮马、放牧，而后再迁徙。唐代西征大军和蒙古成吉思汗的铁骑曾和你奋力竞技，当凭着木筏穿过你时，他们似乎看到了胜利的号角，是受你士气的鼓舞，还是受你壮阔的激励呢？

百年前，一纸《中俄伊犁条约》无情地将你从霍尔果斯断然划开，九州的中华儿女暗自流泪为你送行，而后痛定思痛，国富民才强，民强才能国富，你们对着滚滚西逝的河水呐喊，你们对着飘然而过的时间呐喊。

收藏历史是大自然景物神圣亘古的使命，伊犁河，你承载的并不只是昨天。

顺着你的方向一路向西，无论哪里来的客人，几乎都在虔诚地等待着日落，都说伊犁河的落日最美。这不，今天我也来了。"一道残阳铺水中，半江瑟瑟半江红"，只是比起那"可怜九月初三夜，露似真珠月似弓"的小家碧玉来说，夕阳下的伊犁河像个健美的汉子，露出结实的肌肉，展示着自己的力量。

一对结婚的新人，趁着夕阳来到伊犁河畔。美丽的新娘身着艳丽的服饰，娇羞地挽着新郎的胳膊，从伊犁河大桥的这头走到那头，然后漫步到河岸边，他们摆出各种姿势，或牵手，或拥抱，或轻吻。有人弹奏起热瓦普、都塔尔，拉起手风琴，人们随着音乐欢快地唱歌跳舞。此刻，不分民族、不分年龄的人们完全地融入到他们的喜庆中。

他们让伊犁河来见证美好的爱情，他们用感恩的心来建筑永恒！

夕阳为灯光，伊犁河为背景，一对新人为主题。可惜我不是个摄影师，按下快门，让醉人的影像瞬间在我的手中停留，只能在印象里描摹这让人永远向往的美好，小心翼翼地用记忆来包裹珍藏。

在短暂的瞬间里，因为一条河，我又一次让幸福在此驻留，让快乐在此生根。

那拉提草原

这是我见过最完整的一幅画，单一的绿铺天盖地而来，整幅画面没有一点空隙，你想找到一点其他颜色都很难。一阵风吹过，绿色的波浪随风逐起，点点的白随着你的视线忽远忽近，忽动忽停。棕红色的、黑白相间的影子随着草波一起一伏。

马儿无须缰绳，牛儿无须驱赶。羊呢，也不这么胆小怕人，咩咩地朝着你叫几声，又低头啃草。点点毡房逐弯弯河水而定，毡房旁拴着一只高大凶猛的牧羊犬，远远就听到它大声地狂叫。你走近时，主人出来了，这只高大的牧羊犬大义凛然地盯着你，逼视着你的内心。在这广阔无际的草原上，你已经没有什么心思可以对它隐藏。毡房里的主人，一张稍显粗糙的面庞上纯真的笑容像是一朵草原上绽放的山花。孩子们躲到大人的背后怯怯地看着你。

在这里我也见到了最纯粹的自己。我像个孩子，放开所有的牵挂奔跑，大喊着"我来啦，我来啦"在地上打着滚儿，抓蝴蝶、采野花、摘野果……时间从下车开始算起，当脚踏上这块绿色的地毯，一下子就把我们全部送回到了童年。那拉提，你是个魔法师，你给前来拜望、亲近你的人施法。你让时间没有了起始，让空间没有了范畴，世界被你的绿统一和同化，让人们回到鸿蒙之初。

真正进入草原，除了展翅苍穹的雄鹰，还有放蹄飞奔的骏马。

而你也来到了草原，寻一骑轻骑，笨拙地翻身上马，挥舞手中的马鞭，一声鞭响，双腿轻夹，血液开始沸腾，思绪开始腾飞。驰骋吧，放飞吧，这个世界只属于你，你也只属于这个空旷静谧、安然自由的世界。那来自俗世的羁绊瞬间被抛去，让它在你经过的身后，长成山花和野草。

于是，我努力了很久才真正到达这里。

我努力地望去，除了绿还是绿，来到了这里，不必再去寻找世界的源头、前面的终点。只要散漫地放松自己，毫无设防地吐露你的心声，大口地呼吸，畅快淋漓地呐喊，可以沉静如你脚下的那株野草，也可以激动如那只刚刚捕到猎物的小鹰。

只身置于这庞大的世界中，我突然渺小成一个小点，和这些沿沟擎起的松塔相比，我不及它们的一枝松枝；与这些就地而生、率性而长的无名或有名的草相比，我就多了几许的做作；和这些自由出没的小虫小鸟相比，我似乎是个背着重重壳的蜗牛……

山、草甸、白云、松林、野果树、独自绽放的野花，谷底一条小溪潺潺而流，清泉密布，在大自然最初相互依傍的和谐纯净里，只有我激动不已。

"阿达里，请你给我们唱支歌吧。"我转过脸给我身后的"马夫"说。

"好呐，问题没有。"阿达里用生硬的汉语说。

于是，他扯开嗓子大声唱起来："洁白的毡房炊烟升起，我出生在牧人家里，辽阔的草原，是哺育我成长的摇篮。养育我的这片土地，当我身躯一样的爱惜，沐浴我的江河水，母亲的乳汁一样甘甜……"

阿达里的嗓音有些沙哑，很艰难地用汉语发音，音调稍有不准，这一切在这里都无所谓，没有谁来评判这些。音符是沿着草叶尖传递，顷刻间从山谷底一下子升腾到山头，惊动了正在休闲歌唱的鸟儿。

阿达里陶醉在自己的歌声里，那黑黑的皮肤，亮亮的眼睛，稍显羞涩又紧张的表情，让我猜测他的年龄应该不大。这里的人和山一样，你不能从他的面相去判断他的年龄，你只能从他的表情里推测。

　　跟着阿达里热情淳朴的歌声进入到那拉提草原的腹地。一片乌云飘过来，一阵雨紧跟着就来了。这时我们夹在两座青山之间一条极为狭窄的马道，沿着山脊盘旋而上，通向天边，通向绿的尽头，回望你走过的路，你发现你所经历的路程都是腾空的。

　　我被阿达里的歌声所感染，撕去平日里斯文的面纱，肆意地放纵起来，我大声地对着山谷喊道："我爱你。"山谷立即回应了我，多自然而又简单的交流呀。

　　阿达里傻傻地看着我笑。

　　雨绵绵地下着，狭窄的马道越来越泥泞，心里稍微有些犯嘀咕，但这匹外貌俊秀、体格结实的骏马丝毫没有急躁和疲惫的感觉，依旧是沉稳地走着它的路。阿达里不时地下来梳理下马鬃，然后用力地拍拍它，马儿打着响鼻回应着。

　　这回该我看着阿达里傻傻地笑了。真正的爱是无须言传的，就像他和他的马。

　　雨停了，天空完全放晴，蓝的天，绿的地。蓝天凝视着大地——上帝又创造了奇境。

　　雨水洗刷过的草原，呈现出让人醉心的绿。太阳就悬在我们的头顶，明亮温暖，在盛夏的山外你绝不会享受到这样的日光浴，这是只有在山里，在雨后的草原上才会有的景色。

　　一阵山风轻拂，一股淡淡的草香扑鼻而来，我不由得凑近鼻子使劲嗅着，只见稳稳坐在我身后的阿达里麻利地翻身下马，一手牵着马，一手开始为我采摘野花。他时不时把一种植物剥去皮，有滋有味地吃起来。不一会儿，一束五颜六色的鲜花送到我手中，紫的、红的、黄的、白的、蓝的，如星状，如絮状，还有的干脆就簇拥成团，火红得让人心动。他指着一枝紫色的野花说："这是女人用的花，你多带点回去。"

我是个极不爱花的女人，生来还是第一次接受一大束花，心中还有几许激动呢。

我连连说："谢谢！谢谢！"阿达里红着脸，羞怯地笑了。

看着阿达里那张稚气未脱的脸庞，我猜想他是这些绚丽多姿的野花里的哪一枝呢？

如歌行板喀纳斯

某日早上七点钟，从乌鲁木齐出发，途经石河子、奎屯、独山子、博乐，最后达到终点——布尔津。

布尔津小城，这是今天我们歇脚的驿站，我称它为"寻梦之城"。

一路向西走来，我欣喜地发现，我步入了童话的王国。幽静的街市，高矮不一、形状各异的楼群建筑物，以各自的角色点缀在小城之中。那些带着民俗风情的别墅，一下子让你进入角色，开始漫步街头寻找，寻找一个拉着手风琴的俄罗斯艺人，或凭着臆想去感受苏格兰风笛的欢快和浪漫……穿行在宁静整洁的马路上，无意抬头仰望天空，一角飞檐划过眼底，带点俏皮的屋檐从某幢别墅样的房屋后面突兀在你的眼底，一家小茶楼显现在眼前，京腔琴韵，让你仿佛一下子到了江南水乡。

一辆小巧的红色夏利车突然停到你的面前，司机说："两元钱一个人，只要是在县城内，哪里都是这个价。"我暗自得意，好便宜的路费。现在，我想去吃烤鱼。

布尔津县融合民俗风情园河堤夜市的霓虹灯，在夕阳已经隐去最后一抹余晖时亮起，一缕缕袅袅飘散的炊烟悠闲地回旋着。"烤鱼、烤鱼""大红鱼""狗鱼""五道黑""花翅子"……叫卖声中都夹杂着半生不熟的汉语，再仔细瞧瞧主人的面孔，猜一猜是哈萨克族人、蒙古族人、维吾尔族人、回族人，还是汉族人？一阵浓浓的鱼香味扑面而来，"来了来了，香喷喷的烤鱼……"把你的猜测拉回到你面前一串串诱人的烤鱼上来。"再来一瓶格瓦斯吧！"一个矫健而又不失高贵典雅气质的老太太说道，她快乐地推着小三轮车，给你一个慈祥温暖的笑容。一边吃着香脆的烤鱼，一边喝着可口的格瓦斯，先苦后酸再甜的味道留于口内久久不散，再仔细品味，这不就是人生的味道吗？

从此，布尔津小城在一串烤鱼和一瓶格瓦斯里若隐若现。

喀纳斯湖是美丽而神秘的湖，它深藏在阿尔泰深山密林中。湖畔山坡由下而上，又由上而下，依次可见火红的桦林、金黄的落叶松、苍翠的云杉，湛蓝的湖水泛起涟漪，揉碎镜中层层风景，仿佛一幅真切的自然油画，将你的目光带回世外桃源中的香格里拉。当人处于一处极美的风景之中，总是不自觉地幻化着，让时间行走，让自己停留。此时，征服自然的大我极度地膨胀，游走于现实的小我急速地冷却。

"真美呀！"畅游在这片天空之上的所有的生物们，它们是风景，又是主人，我在看它们，它们也在看我。一只可爱的小松鼠眨着调皮的小眼睛机灵地警觉着周围的声音，抬头看看，低头瞧瞧。我也索性停下来，仰起头认真地看着那个灵巧的小生灵在这偌大的松林里自由地玩耍，真有点羡慕它。刚想感慨些什么，只见对面酷爱摄影的扬州老夏，对我挤眉弄眼，摆手示意，怕我惊跑小松鼠。一个小松鼠让两个萍水相逢的陌生人就此认识和结伴，多神奇的一个理由。我终于屏住呼吸，让镜头留下这个瞬间的美妙。

用木板搭制的桥环湖而绕，穿行于浓密青翠的松林里，地上嫩绿的苔藓和黄色的白桦树相互映衬，零散地撒在松林间，为这个藏在秋天尽头的一处景色沾染一笔隐秘的色彩。湖面上有人坐快艇冲浪，有人坐慢艇畅游，喧哗声、惊叹声不断。湖是安静的，只是到此的游人用视觉和听觉激起湖面的一层层波浪。

这里该是安静的独处，而不是喧哗。

湖被两座山夹着，湖面热闹了，而山依然安静着。金黄色的山脊若隐若现在云层里，那些飘忽不定的云层似乎在向这里的游人示威：只要有我飘过的天空就是潮湿的。但漫游嬉戏于水上的人们，怎么会惧怕潮湿的天空呢？即如我从那条干涸的坎儿井边出发，在干燥呛人的秋天里焦急地寻找着水源，而此时我被水的氤氲包围着。

L提议去爬山，我和L都渴望体味一下成为画中人的感觉。几匹棕红色的马儿放任自由地在半山腰悠闲地啃着枯黄的草，它们或独立成群，或几匹成队，或成双成对，头碰头地在一起亲昵地窃窃私语。它们身体的颜色又和山、地成同一色调。金黄色的山，棕红色的马，碧绿的水面几叶扁舟顺水而漂，这些无须寻找主题、调和颜料和选择色彩，自然天成的一幅油画，就是喀纳斯的主题和底色。

一向不善言辞的L，竟然兴奋地向山顶狂奔，我跟随而去，我们为自己呐喊："加油哇，冲哇……"一阵云飘来把声音带走，一会儿又回来，紧紧地把我们包裹在云层里。我们闭上眼睛，张大嘴巴呼吸着山上的"仙气"，张开怀抱将云揽入怀中。我们似乎捉住了时间，留住了这美。刹那间，我们不再是地面上的凡夫俗子，而成了腾云驾雾的仙人，只要挥挥神袖，一阵雨就要来了，雨说来就来了。一阵雨从山的半腰开始驱逐包围着我们的云层，云飘走了，雨无声地洒向了人间，淅淅沥沥的，像是交流，又像是宣告和告别。这场雨该是喀纳斯秋天最后的总结，但不能影响我和 L 的心情。我们还在兴奋着，似乎在这种神境里能邂逅一场雨，定能荡涤俗世心灵的污垢，我们终究是被谁感动？是被山、水、云，还是被我们自己呢？都有吧，有谁能真切地感受秋天最后一场雨的缠绵呢？

天越来越暗，该下山了，我们的鞋裤基本都湿透了。一阵寒意袭来，牙齿打战，远远地看见山脚下尖顶小木屋的烟囱里飘散出浓浓的炊烟，心中的温暖油然而生，似乎听到了母亲那声声亲切的呼唤……

下山，敲响了一家小木屋的门，没人应声就直接进屋了。只见一张茶几上放着几个茶碗，炉子上一壶奶茶正咕嘟咕嘟煮着，炉子周围围了三四个人烤衣服。主人进来了，把炉子里的火挑了一下又出去了，没有对我们的鲁莽闯入表示质疑。见我们进来了，刚才围在炉子周围的几个游客自觉地腾开位置，这一切都是无声的。这时，主人再次进来，一个年轻的女孩，有着高高的颧骨、红红的脸蛋，她友善害羞地对我和 L 笑了笑，用生硬的汉语问："有什么需要帮忙的？"我和 L 一怔，忽然回过神来说："有吃的没？给我们来两碗汤饭。"两碗热气腾腾的纳仁汤饭解除了我们爬山的凉意和劳累。我们走了，后面的客人来了，这个小木屋的主人依然用纯真的笑容接待着一拨又一拨不用吆喝的客人，小木屋里散发着酥油奶茶和汤饭的醇香，像它的主人一样，保留着图瓦人对生活、对世界至善至真、至美至纯的真情。

　　我最后遥望了那片白桦林后才离开了喀纳斯。一阵风吹过，金黄的桦树叶子随着秋日金色的阳光飘落，把地面也染成了金色的。我始终没有勇气走近那片白桦林，耳际不断飘过朴树那首忧伤的《白桦林》。这首歌我听了近十年，但当我真正遇到一片白桦林时，我把它当作这首歌的乐谱，不忍心为它填词。于是，我留着，下次要错过白桦树落叶的季节再来，到那时候，天空中依然会有许多鸽子飞翔。

塔城影像

　　面对温暖的灯光，我的思绪漫游到了宁静、祥和、多彩的塔城，临别时，那场动人的篝火晚会上，一群盛装的舞者，他们用不同的舞步和韵律演绎着豪放和快乐，传递出作为一个塔城人的幸福和自足。舞者有汉、回、俄罗斯、哈萨克、维吾尔、达斡尔六个民族，他们穿着各自的民族服饰，随着音乐的律动而翩翩起舞，时而欢快时而低沉，会场上，闻歌而动的人们，脸上的笑意填满了暮色渐浓的天空。

　　此刻，跟随那片明亮的天空，我又一次来到了塔城。单一、纯净、有力道的巴克图口岸的风，宽阔宁静的库鲁斯台草原，舒缓放松的塔尔巴哈台山，满载着家的味道的列巴、包尔萨克，欢快洒脱的俄罗斯族舞蹈，充满怀旧味道的手风琴和口琴声，以及草原上那场浪漫的马背上的婚礼……以音乐为背景，以舞蹈为内容，以蓝天为主题，以白云为章节的塔城，此刻成为我心灵温暖的一角。

一

初夏的巴克图口岸，简单、干净、庄严，像一个沉稳忠厚的卫士，守卫着自己的疆土。大门是进入巴克图口岸的第一景，灰白两色的瓷砖镶砌成半开放的大门，门两侧哨卡里的战士肃穆而立。进了大门，放眼望去，远处的雪山和白云相互依偎，若隐若现的草地和山丘模糊又清晰，那是邻国哈萨克斯坦的风景了。我收回目光，用力踩踩脚下坚实的土地，一种幸福感油然而生，此刻，我脚下的这块土地给予我无穷的力量。一些不知名的杂草似乎读懂了我的心思，随风摇摆，像是在欢迎我这个远道而来的客人，我只认出其中两种植物，更多叫不出名字的野草野花也不觉得生疏，一棵碗口粗的沙枣树在不远的戈壁上向我挥舞着枝条，像是和我打招呼，我有种"他乡遇故知"的欣喜。沙枣树大多生长在沙漠盐碱地带，有抗旱抗风沙的作用，它是我所生活的小城鄯善的防风抗旱英雄之一，也是为数不多花香四溢的沙漠植物，小城人把"沙漠的新娘"的美称赠予沙枣树，表达着对沙枣树的喜爱之情。适逢五月，一阵沙枣花的暗香让我品味着熟悉又亲切的味道。

在巴克图口岸，风是这里的主人，一年里有大半年在刮风。风掠过天边变幻莫测的白云、绵绵不断的山脉，向广袤无边的草地风尘仆仆地奔来。刚到口岸，风就给我们来了个下马威。第一个下车的人在走出车门的那一刻，被一阵风差点又推回到车上，那位同行的姐妹尖叫了一声，接着就嚷道："风好大！"我抬眼看着隔着车窗的晴空万里的天空，竟又有如此力量感十足的风，只有你亲身体验了，才能领略它的真实，这就是巴克图口岸的风吧。践行着"实践是检验真理的唯一标准"的朴素哲学，同伴们陆续下车，用各自的方式与风周旋，有的人侧着身子走，有的人干脆两三个人拉起手臂一起行走。我还没来得及感慨，风就扑到我身上，把有空隙的上衣和下衣吹得鼓鼓的，仿佛给我穿上了太空服。此刻，我想对巴克图口岸发表点见解，但根本无法把词语输送出去，因为还没张开嘴，一阵风袭来，就赶紧闭上嘴巴，把那些惊叹的词语咽回去。我们继续与风对峙，我前进一步，风也前进一步，我后退一步，风还是前进一步，一行人在这种拉锯式的行进中开怀大笑起来。

　　身着海关制服的小王早就等候在这里，她是我们的讲解员，齐耳短发，面容清秀，一身庄重的制服也压不住洋溢的青春气息。又一阵风迎面吹来，风好像对小王很友好，小王只是捋捋被风吹乱的头发，像是和风打了个招呼，便开始给我们讲解："巴克图口岸已有两百年通商历史，是中国西部通往中亚及欧洲的交通要道，光绪三十三年，与俄商务大增，洋行林立。二十世纪六十年代中断贸易和人员往来。一九八八年秋，在中哈两国政府的支持下，边境双方地方政府通过政府官员互访，打破了近三十年的封闭。一九九〇年，巴克图口岸重新开通临时过货、过人。一九九二年六月，国家批准塔城市为沿边进一步开放城市，并赋予了各项优惠政策。一九九四年三月十四日被国家批准为一类口岸。"在小王悦耳的声音里，世界一下子安静了下来，我们每个人都在努力地记住一些零散信息：巴克图、古老的口岸、神圣的国门、158 号界碑……这些零散的信息，显现出巴克图口岸与我们的过去和将来有着千丝万缕的联系。小王来这里工作三年了，从开始的不习惯，到现在的喜欢。她慢慢地喜欢上这里的风、戈壁和辽阔的寂静，无数次讲解巴克图口岸，就无数次跟着它在遥远的时间里行走。

一行人跟着身着海关制服、英姿飒爽的小王，在字正腔圆、掷地有声的讲解里，我们一会儿回到巴克图口岸的过去，一会儿又被拉回现实。在这一身制服里，藏着一个青春闪亮的秘密，有幸福也有孤寂，就像巴克图口岸的风一样。

巴克图口岸的风继续吹着，仿佛一队悠悠驼铃之声若隐若现地从时间的深处走来，有着百年风华的口岸，继续承载着它的使命，联通着世界的往来。一辆辆重型货车的轰鸣声，一辆辆满载水果蔬菜、日用百货等各类商品的大型货车，从巴克图口岸进进出出，续写着丝绸之路上的繁荣。

二

这是座山吗？我始终没能找出山的轮廓，这分明就是铺在大地上一条碧绿的地毯，完整的绿没有一点儿缝隙，一眼望不到边。连绵起伏着的草地和蓝得纯净的天空相映衬，那几片悬空的白云悠闲地游荡，更像是这个草原的几位看客。随意散落的马儿和羊们对我们这一行"异类"的到来，一点也不感到惊奇，依旧是自顾自地啃着草，品味着自己的美食。它们有着完全拥有自己家园的那份自信，专心致志做着自己的事情，无暇顾及与自己无关的事物，它们把这里的所有都当成脚下的某一株碧绿的草了，对我们浩浩荡荡的一队人马的到来，它们竟然一点儿也没受到惊扰。人群迅速地散开，融入这庞大无声的绿色中。此刻，不需要任何条件，你会瞬间融入这无声的世界，俯下身子，和每一株草对话，和每一片叶子对话，和逐渐回归的心灵对话。

塔尔巴哈台山的绿，是属于自己的绿，它没有喀拉峻草原的绿那么辽阔和高远，没有那拉提草原的绿那么热烈和繁复，也没有巴里坤草原松树塘的绿那么厚重。塔尔巴哈台山的绿，急有急的气势，缓有缓的韵味。巍峨的远山，幽深的草，一阵风吹来，半人高的野草齐刷刷地向你涌来，那绿来得太急迫、太浓烈，在你视线的范围之内铺天盖地而至，草和草联合起来，有千军万马奔腾之势，诱导着你完全放任自己的思绪去狂奔和呐喊。当你向绿的深处走去，置身其中，你会发现缓坡上铺满了绿，顺坡而下的路也铺满了绿，又一个缓坡还是绿，在你视线之内的空间全部是绿，没有层次，没有急缓。在这里根本分不出来，哪里是山，哪里是坡，哪里是路，哪里是沟渠。你只需要完全地放松下来，敞开胸怀去拥抱一小片绿，就能完全融入整个塔尔巴哈台山的绿了。

人的一生里，总会遇到一道让你情有独钟的风景，与你的性格、审美契合。喜欢安静的我，见到了塔尔巴哈台山，就像见到我无数次想象的灵魂家园，迫不及待去寻找它的过往。原来，塔城的地名就源于塔尔巴哈台山，被塔城人亲切地称之为"北山"，这大概是塔城人民对它的昵称。当地的一位小姑娘如数家珍地给我们介绍："这里约有两千多种植物种类，曾被誉为'野生植物基因库'，有野生柳树、沙枣树、灌木等，每到夏季，盛开着芍药、贝母、百合、郁金香、玫瑰等数百种野花，这里还有世界上濒临灭绝的珍稀植物资源，如素有'植物活化石'之称的野生巴旦杏林。"大自然鬼斧神工地将一座山安放在某一个地域，它一定承载着许多使命，从某种意义上说，山有时候是某一个城市生命的图腾。比如我所生活的小城鄯善，南北分别被黄褐色的库木塔格沙漠和赤红色的火焰山所包围。在酷夏烈日炎炎之下，干涸的热浪蒸腾如海浪般一阵一阵涌向房屋、街道、城市和村庄，大地像是着了火，那一直以山的概念而著称的火焰山，一年四季祖露出赤色的宣言，让生活在它脚下的人们为了生命庇护的阴凉而执着地寻找。生命是无处不在的，在一处坚硬的泥岩处劈开一道峡谷，那里流水淙淙，绿意葱茏，绿洲文明在这里生长绵延，葡萄沟、吐峪沟大峡谷……它以干涸沧桑忠实地记录着人类文明的进程。而塔尔巴哈台山以另外一种开阔和隐忍来养育它的草原。

草原上的奇珍异草是一个隐秘的世界，它们是草原的密码，等待着有缘人来破解。好友凤鸣就是一位破解植物密码的高手，她执着于植物研究数年，从一个业余的植物爱好者成了一个植物学家，还被某大学教授邀请参与植物研究，对花花草草科属分类了如指掌，哪怕细微的差异，她也能区分出来。此刻，她正捧着相机到处欣喜地狂拍着，她在一株开着黄花的植物跟前停留下来，俯下身子小心翼翼地捋着正在盛开的花瓣，那小小的盛开的花瓣有白色的、黄色的，白花里黄色花蕊直挺而出，黄色的花瓣中间簇拥几根白色的花蕊，憨态可掬地对着我们点头微笑。"一、

二、三……"她念念有词地数着花瓣，然后告诉我，植物的花瓣生长都是有规律的，有两片花瓣的秋海棠，有三片花瓣的铁兰、鸢尾花，有四片花瓣的十字花科，最常见的花瓣数就是五片，像蝴蝶兰、桃花、樱花、杏花、苹果花、梨花等都是五片花瓣，还有八片花瓣的飞燕草，十三片花瓣的瓜叶菊和万寿菊，等等。她指着正在数着花瓣的那株植物说："那就是野蔷薇，它有五片花瓣。"我低头一数还真是五片。受到凤鸣的影响，我也开始在山上漫无目的地找起野花来，但是我能找到的依然是少数，凤鸣说："花比人还讲究呢，它更需要机缘。"

转身已走到了草原的深处，早在网上或书本上关注过阿肯弹唱，还没有亲身经历过。正想转身问问身边偶尔牵马而过的哈萨克族牧人，就看见从草原的另一端走来一队盛装的哈萨克族男女，他们拉着手风琴、弹拨着冬不拉，边唱边跳向这边走来，欢快自由的手风琴与冬不拉合奏着，粗犷的歌声使安静开阔的草原瞬间活跃了起来，紧接着一群人就开始随着音乐起舞，大家都大声地跟着唱起来了，一场草原音乐盛会即将开始。

"小伙儿不跳黑走马，英俊潇洒哪里来？姑娘不跳黑走马，爱的心房谁打开？婚礼没有黑走马，欢乐气氛哪里来？翩翩起舞迎新娘，祝福新人永相爱。小伙跳起黑走马，雄鹰一样在飞旋；跳起舞来多带劲，多少姑娘把你爱。姑娘跳起黑走马，扭动腰肢裙子飞；优雅舞姿着人迷，多少小伙把你爱。阿塔阿帕跳起来，健康长寿乐常在。新郎新娘跳起来，爱情甜蜜如花开。兄弟姐妹跳起来，阖家欢乐笑开怀。欢乐音乐响起来，大家一起跳起来。美丽草原我的家，哈萨克人民最好客……"一曲豪放的哈萨克族

《黑走马》让整个草原灵动起来了，此刻，世事纷争都消散了，所有的人都陶醉于塔尔巴哈台山美妙的绿之下了。

一场突如其来的阿肯弹唱也让我深入其中，我跟随着身着节日盛装的哈萨克族小伙驰骋草原，奔赴草原的尽头了。

<h2 style="text-align:center">三</h2>

"把所有的时光浓缩在一片叶子上／把所有的沧桑都刻进树干里／向上生长的力量／与向下生长的悲怆／在皱起的风里／梳理着叶与叶之间的脉络／在透过绿色阳光的缝隙之间／库鲁斯台／在一抹寂寞的笑容里／盛开成一朵柳兰花的模样。"这是库鲁斯台给予我直观的诗意，当我把库鲁斯台给我的不安、躁动，用这几行文字表达出来的时候，我的灵魂才得以宁静。

库鲁斯台草原是我见过的最有厚重感的草原，它完全改变了人们思维里对草原的固化认知。一望无尽的碧绿草毯上并没有牛羊满山坡，有的是半人高的芦苇荡一片接着一片，苍老的古柳树随意散落在草原上，不时地传递着沉稳和凝重的气息。

一行人围着一棵柳树若有所思地研究着。这是一棵百年的古柳，百年的时光雕刻在这棵树上，除了粗壮的树根和坚硬干裂的树皮之外，百年的光影再一次与这棵树相遇。柳树给予我最早的文学意义是"昔我往矣，杨柳依依"的离愁别绪，也有"碧玉妆成一树高，万条垂下绿丝绦"的小家碧玉之美。它通常成为从冬到春的一个秘密通道，把文学中娇柔妩媚的柳树，搬移到这棵写满沧桑之感的柳树上来，你就从南方走到了北方。我转身随口问同伴："倘若给你一支画笔来画这棵柳树的话，你会选择哪种画法？"同伴毫不犹豫地回答："肯定是油画，也只有油画才能完全展现出库鲁斯台柳树粗犷、厚重、立体的风格来。"

此时，只见一只大鸟忽闪着一双美丽的白色翅膀，低下浅灰色的脖颈，露出尾下白色的覆羽，轻轻地跳起来站在一支苍老的柳树枝上。在它合拢翅膀的那一刻，全身又变成了深棕色了，几块黑色横斑装点着线条流畅的背部，它闪着一双机警的眼睛四处张望。

古柳："鸟儿，你叫什么名字？我在凡间怎么没见过你，特别是在草原上？"

鸟儿："我的名字叫十七，从菩萨娘娘身边被贬来到了凡间，希望能在你这儿安家。"

古柳："你为什么会被贬下凡？"

鸟儿："因为我生来多情、崇尚自由，温顺乖巧的我爱上了天鹅，触犯了天庭戒律，惹怒众神，娘娘无奈将我贬落凡间，成为众鸟之妻，虽然我有翅膀，但不能飞行。"

古柳："来吧，孩子，美丽的库鲁斯台草原会永远爱着你，这些健壮的柳树们会永远保护你！我以草原酋长之名赐予你名字吧，你就是我们草原之神'大鸨'！"

从此，每逢春秋两季，就会有成群结队的大鸨来到库鲁斯台草原，并招引来了更多更名贵的伙伴们，当珍贵的鸟儿在草原上叽叽喳喳欢快地交谈时，偶尔会有一两声轻轻地哀叹："昔我往矣，杨柳依依……"

　　这是我根据刚才表演阿肯弹唱的美丽的哈萨克族姑娘阿依努尔给我讲的故事改编的。

　　原来的库鲁斯台草原是一块季节性湿地，地处塔额盆地最低处，地下水源丰富，加上外来水源的补充，不能及时蒸发，便形成季节性湿地，生长的大多是茂密的芦苇和丰美的水草。由于湿地形成处的地势特点，使得湿地形态时断时续，沿湿地边缘行走，时而是芦苇环抱的玲珑湖泊，野鸭游荡其中；时而又是泉潭点点，小溪成流，飞鸟栖息之处。虽为季节性湿地，但景色秀丽，不时会惊起成群的飞禽，成为游人探秘之地。因是初夏来到草原，未能幸运碰到"神鸟"大鸨，但这些饱经岁月沧桑的古柳树足以见证，大鸨来过，我也来过。

　　继续往库鲁斯台草原深处行走，清澈见底的额敏河蜿蜒而行，河水不急不缓，水流与水流偶尔的碰撞发出微小的哗哗声，我带着库鲁斯台的古老和美好，带着草原和山峦的期待去向远方。

后　记

四月，是小城最美的季节，花团锦簇，万物葱茏。即便你涉足荒野，也会有一大片紫白相间的大芸花在沙漠里与你不期而遇。

人至中年，不再觊觎人生更多的奇遇，而是踏实本真地回望。

"我彬彬有礼地走在这条土路上，向前走是我的过去，向后走还是我的过去。"我跟随着文字里的"我"完成了一场生命的回望。

回到了村庄之初，我重新遇到我年轻的父母，他们意气风发，忠实于土地，又不臣服于土地。当我用成年人的口吻讲述村庄故事时，滚落在脸颊的汗水不是泥沙混合，而是变得晶莹剔透，即如留在我记忆里的童年星光和日月。邻居兰姐，种哈密瓜的白叔，和我一起骑矮墙的阿孜古丽，我已经不知道他们在哪里了，而与他们共同经历的岁月却永远地留在了那里。在过去里寻找未来，这是我理解的文学使命，也是一个写作者的责任。

　　何以为乡，岁月河流的源头就是乡，它是你的唯一，你也是它的唯一。

　　"我的故乡——吐鲁番市鄯善县，是古丝绸之路的要道，是世界上离沙漠最近的城市。千百年来，沙不进，绿不退，沙与人和谐地相处。张骞出使西域途经此地，汉代名将班勇在此戍边屯田。那里有'平沙万里绝人烟'的苍茫，有'葡萄美酒夜光杯'的唯美，有'不破楼兰终不还'的豪情，它是诗人用想象抵达理想的边界。我爱它的辽阔，也爱它的荒凉。"这是我在外地文学颁奖会上的致辞。我终于可以随身携带我的小城去往世界任何一个地方了。

　　那就让我继续做一个岁月与时代的忠实记录者吧，把小城的故事、新疆的故事写给你看，讲给你听。

　　最后，感谢为这本书辛劳付出的编辑老师，感谢提供插画的画家小友，遇见你们，也是岁月予我的馈赠。

李　荔

2024年4月14日于"我的田园"